KB075717

천진 시절

천진 시절

금희 소설

차례

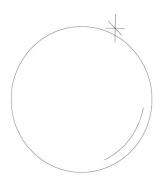

제 1 부

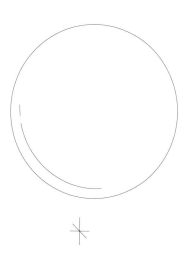

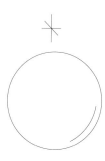

1

──우리, 한번 만나야 하는 거 아니야?

정숙에게서 그 제안을 들었을 때, 모르긴 해도 내 표정은 묘했을 것이다.

그 제안은 정숙 자신도 의도한 게 아니었다. 중고서적을 돌려 보는 그룹 채팅방에 얼떨결에 초대되었는데 먼저 그 채팅방에 있던 정숙이 용케 나를 알아보고 개인 채팅을 요청한 것이었다.

너…… 맞지? 하고 정숙이 물었고 나는 그녀의 프로필을 뒤져본 후 그녀라는 것을 확신할 수 있었다.

　―그래요, 언니. 이게 얼마 만이에요? 우리가 이렇게 연락이 되다니ㅋ

정숙은 이를 드러내고 킥킥 웃는 이모티콘 두개를 찍어 보냈다.

　―20년 만이지ㅎㅎ 날 잊어버리지는 않았구나.

우리는 약간 흥분한 상태에서 별 영양가 없는 수다를 떨었다. 정숙과 다시 연락이 닿아 그런 얘기들을 지껄여보리라고는 상상조차 하지 못했었다. 그녀와 헤어지던 날 나는 내 평생에 그녀를 두번 다시 볼 일이 없을 거라고 생각했다. 그런데 불볕더위 속에서 아버지와 어머니와 훈이를 주렁주렁 대동하고 헐금씨금 도착한 금성이네 아파트에서, 그 집 와이파이 비밀번호를 입력한 지 한시간도 못 되어 20년간 소식조차 모르고 지냈던 정숙과 문자를 주고받게 되었던 것이다. 이상한 일이었다.

대화가 어느 정도 오가고 나서 정숙이 지나가듯 물었다.

　―그래, 지금은 어디 있다고?

나는 우리가 헤어진 뒤 내가 머물다 떠났던 도시 몇곳을 스쳐 떠올리다가 곧 서울에서 돌아온 후부터 10년 동안 정착해 있던 동북 도시 Z를 언급했다. 결국 한바퀴 돌고 다시 제자리로 온 거죠, 하고 나는 웃었다. 정숙은 자신의 고향이 그리워지는지, 아, 고향 도시가 얼마나 좋니? 나도 기회가 되면 거기서 살고 싶었는데,라고 약간 감상적으로 답했다.

　　—사실 며칠 전에 거기 갔다가 금방 돌아왔거든. 너 Z시에 있는 줄 알았다면 찾아가볼 수도 있었겠는걸. 암튼 거기 여름은 시원해서 좋겠어.

　　그래서 나는 내가 정착해 있는 도시는 Z가 맞는데, 지금 이 순간은, 그리고 앞으로 사흘 동안은 동생이 세 들어 사는 아파트가 있는 도시, 상해(上海)에 머무를 거라고 말했다. 우리 가문의 골칫덩이 노총각 김금성 씨가 드디어 결혼하기로 결정했으므로.

　　내 문자를 보고 정숙은 잠시 멈춰 있었다. 핸드폰의 빈 대화창에는 나의 커서만 깜빡이고 있었다. 1분쯤 지나서 정숙이 다시 말했다.

—뭐, 상해라고? 그러니까 너 지금 상해에 있단 말이지?

정숙은 자신이 바로 상해에 살고 있으며 이 도시에서의 생활이 올해로 6년차라고 했다. 이번에는 내 손가락이 자판 위에서 배회했다. 그리고 다시 정숙이 말했다.

—세상에, 이런 인연이. 애, 우리 한번 만나야 하는 거 아니야?

2

정숙과의 만남이 있기 전의 이틀, 그리고 그 뒤의 하루 동안 나는 까맣게 잊고 살았던 한 시절 — 1998년의 천진(天津), 무슬림들이 많이 모여 살던 북진구, '대외로는 개방하고 대내로는 개혁하자'는 등(등소평)의 이념이 유례없이 뜨겁고 처절한 가운데 심천을 필두로 한 연해 도시들이 외자 유치에 눈부신 성과를 보이던 그 혁명적인 시간 속에서 다시 사는 듯했다.

검은 고양이든 흰 고양이든 쥐를 잘 잡는 것이 좋은 고양이라는 등의 개혁이념이, 사회주의 잡초를 살릴지언정 자본주의 묘목은 뿌리 뽑아야 한다는 모(모택동)의 문혁이념을 완전히 대체한 지 20년 남짓 되었고, 마카오의 귀환이 1년 앞인데다 홍콩은 이미 통행증 출입이 가능해졌으며, 무엇보다 세계를 향한 적극적인 문호 개방이 아시아의 침체에는 아랑곳없이 높은 경제성장률로 이어지던 시기였다. 연해 도시에서는 하룻밤 자고 나면 새 외자기업들이 우후죽순처럼 일어섰고 계획경제 체제에 불만을 가진 공무원이며 보다 큰 전망을 찾아 떠나온 대졸자, 더 비싸게 인력을 팔고 싶어하는 농어촌의 젊은이와 어쩔 수 없는 인원 감축으로 철밥통에서 밀려나게 된 북방 도시의 노동자 등이 밀물처럼 그곳으로 흘러들어 새 회사의 사무실과 공장을 넘쳐나게 메워주었다. 일명 샤하이(下海, 취업·창업을 위해 원 근무지를 떠남)와 샤강(下崗, 정리해고·실업)의 시대였다.

정작 그 시절이 그물에 걸려 올라오는 정어리떼처럼 반짝반짝 들뛰기 시작하자 나는 깜짝 놀랐다. 무의식이라는 창고 속에서 진작 한줌의 재로 사그라졌을 거라 여겼던 기억이기 때문이었다. 나에게도 그런 가슴 뜨거웠던 시절이 있었고 나의 청춘이 꽤 드라마틱한 시대 속에서 연출되었구나, 하는 생각이 나도 모르게 들었다. 정숙을 다시 만나기 전에는 전혀 해보지 않았던 생각이었다. 그녀와 헤어진 후의 첫 10년은 여러 도시를 전전하며 경력을 쌓기에 급급했고 Z시에 정착한 다음의 10년은 '독박 육아'를 해야 하는 중년의 주부로 변신하느라, 서서히 늙어가느라 별 여유 없이 살았다. 서울 숯불갈비집 서빙 시절에 만난 남편은 해산달을 한달 앞두고 나와 함께 귀국했지만 Z시에 아파트 한채를 구입한 것 외에는 이렇다 할 다른 일을 추진하지 못했다. 긴 로프에 매달려 고층건물 유리를 닦던 그는 아들이 걸음마를 시작할 무렵 다시 한국으로 날아가 일거리를 찾아보리라는 결정을 했고, 그 뒤로부터 나는 그에게서 생활비 말고는 다른 도움을 거의 받을 수 없는 아내가 된 것이었다.

비행기가 농밀한 안개 같은 구름 속을 지날 때, 나는 문득 20년 전의 천진행 기차 안을 생각했다. 한기가 매섭던 초봄, 아직 성에가 조금 남아 있는 창문, 한적한 겨울 들판과 뼈만 남은 하얀 나무들. 잿빛의 마른 눈이 쌓인 강바닥이 스쳐 지날 때가 있었고 혹간 추위가 산적처럼 웅크리고 있는 저수지도 멀리 보이곤 했다. 창문가의 탁자에는 두꺼운 겨울 스웨터를 입은 젊은 남녀가 마주 보고 있었는데, 그들은 이제 내 기억에는 한마디도 남지 않은 자질구레한 수다를 몇시간 동안 내처 떨고 있었다. 탁한 쇳물 같은 낙조가 황량한 어둠에 삼켜져버렸고 그들 가운데에 놓인 탁자 위에는 둘이서 깐 해바라기씨 껍질이 수북이 쌓여갔다. 나는 그녀, 젊은 '상아' 앞 점점 커져가는 해바라기씨 껍질 무지에 잔잔한 슬픔 같은 것을 느꼈다. 불과 몇시간 전에 고향을 떠났으며, 그로부터 아마 영원히 고향을 떠나게 될 그 시절의 내가 느끼는 흥분과 애틋함과 슬픔, 그리고 곧 도착할 낯선 도시에 대한 두려움과 설렘이 바로 그 해바라기씨 껍질 무지와 함께 자라나고 있었다. 젊고 단순하고 생명력 넘치는 열정의 시절이었다.

이 시점에서 한번 돌아보는 것도 나쁘지는 않겠지. 우

리도 이제 인생의 반은 살았지 않나. 나와 만나기로 결정한 후 정숙은 그렇게 말했다.

나는 그녀의 말에서 홀로 망토를 걸치며 출전 준비를 하는 스파르타의 레오니다스왕을 연상했다. 어떤 일들과 어떤 사람은 추억 속에 묻어두는 편이 나을지도 모르나, 그녀는 그편을 선택하지 않은 것이었다.

──내일이 동생 결혼식이란 말이지? 예식장이 어디라고? 시작은 몇시부터고?

정숙은 예식장으로 잡은 호텔을 잘 아는 듯했다. 한인(韓人)들이 많이 모여 사는 구역이라서였을 것이다. 직장인들을 배려해서 예식은 저녁 7시부터 시작할 거라는 말을 듣고 정숙은 잘됐네, 답장을 보냈다. 퇴근하자마자 지하철을 타면 늦어도 8시 전에는 도착할 수 있을 거라는 말도 덧붙였다. 그녀와의 대화를 끝내고 나서 나는 내가 어느샌가 그녀의 문자에서 풍기는 희미한 비장함 혹은 결의 같은 것에 감염돼 있음을 느꼈다. 짐을 풀고 가족들의 임시 주거 공간을 배분하고 금성과 그의 여자친구에게서 다음 날 있을 예식에 관한 설명을 듣는 동안 내 마음은 닫혀버린 지 오래인 기억의 한쪽 문을 두들기고 있었다.

금성네 예비부부가 훈이를 데리고 하나밖에 없는 방의 침대를 차지하고, 소파와 식탁을 모두 접어 벽에 붙인 좁은 거실 겸 주방에 아버지와 어머니가 차례로 누운 다음, 나는 베란다 쪽으로 홑이불을 가지고 갔다. 반쯤 열린 창문으로 후덥지근한 여름 밤바람이 불어들었고 방바닥까지 드리워진 엷은 커튼이 바람결에 주름을 날렸다. 베란다에 널어놓은 빨래의 비누향이 습기와 함께 날아들었다. 2004년 하얼빈 공대를 졸업하고 소주로 취직해 갔다가 상해의 일본 기업으로 옮긴 뒤로부터 쭉 이곳에 머문 금성의 세월도 벌써 10년이 가까워지고 있었다. 여자친구가 있다는 말은 전에도 들었는데, 이미 배 속에 조카 녀석을 키우고 있는 내일의 신부는 동거한 지 3년쯤 되는 친구였다. 금성의 나이 서른일곱에 신부 나이 서른넷, 양가 부모님이야 충분히 염려할 나이였지만 예기치 않은 어린 생명이 아니었다면 둘 다 결혼이라는 고루한 방식을 고려하지 않았을 것이다.

─그래도 이렇게 결혼해준다니 얼마나 고맙냐. 세상

이 어떻게 돌아가는지……

아들의 때늦은 결혼식을 보기 위해 경남 마산 농장에서의 노후벌이를 중단하고 돌아온 어머니가 잠기 가득한 목소리로 중얼거렸다. 아버지는 벌써 드렁드렁 코골이를 시작하는 중이었다.

─엄마, 이젠 한시름 놓았겠우. 아들딸 모두 치워버려서.

냉장고 돌아가는 소리와 바깥에서 들려오는 희미한 경적 소리 속에서 내가 물었다. 전등은 껐지만 각종 전자기기에서 뿜어져나오는 파랗고 빨간 불빛이 좁은 방 안을 희미하게 비추고 있었다. 간간이 주변 도시를 들락거리며 일을 하던 부모님은 내가 천진을 떠나고 금성이 대학에 들어간 2000년부터 고향집을 떠나 본격적인 노후벌이에 들어갔다. 금성의 결혼식이 아니라면 올해에도 국내로 돌아올 예정이 아니었다. 몇년 만에 만난 어머니는 고향집에 있을 때보다 좀더 젊어진 느낌이었는데, 주변 상황에 맞지 않게 보수적인 것은 여전했다.

─그러게나 말이다. 이제야 짝이 있으니 전보다 덜 걱

정스러울 것 같기도 하고…… 근데 나 지금 아들 녀석 결혼시키는 게 맞는지 맨숭맨숭하다. 그래도 너 때는 동네 분들한테 식사 한끼 대접할 기회라도 있었는데……

어머니는 거기까지 하다가 말머리를 돌렸다.

― 아니지, 그게 아니라 너도 빨랑 최서방이랑 신혼여행을 가든지 식장을 잡든지 하여간에 뭔 식이라도 올려야 하잖니? 별거 아닌 것 같지만 사람이란 그래도 남 하는 거 다 하고 살아야 하는 법이니라.

어쩌다보니 남편이랑 혼인신고만 하고 여태 식을 올리지 못한 나의 형편을 두고 하는 넋두리였다. 어머니 입장에서는 금성이나 나의 결혼이 본인들만의 사건이 아니라 당신들의 의무이자 책임이기도 한 것이었다.

동네분들한테 식사 한끼 대접할 기회가 있었다는 어머니의 말에 나의 머릿속에서 정어리 한마리가 불현듯 튀어올랐다. 고향집 구들장에 노란 장판지를 깐 자리 위에 차려진 다섯개의 상, 그 상들 주위에 빼곡히 앉아 있던 이웃 식구들, 매캐한 담배 연기와 알코올 냄새와 여러 사람의 체취와 상에 올린 요리 냄새가 뒤범벅된 그날의 집 안 공기가 다시 맑아지는 듯했다. 그리고 소리…… 늙수그레한 남자들의 느끼한 목소리, 평소보다 한 옥타브 높아진 아주머니들의 깔깔거리는 웃음소리, 잔과 잔이 부딪치는 소리, 술이나 요리나 또다른 무엇을 더 가져다달라 부탁하는 소리, 너무 달라진 세상을 한탄하는 소리, 그날의 주인공 상아 ─ 나에게 젊은 친구들이 자꾸 술을 권하는 소리…… 그 모든 혼잡한 장면 속에 한 사람이 서 있었다. 상마다 돌아다니며 빈 술병을 거두어가고 새 술병과 휴지와 재떨이 같은 것들을 재빨리 추가해주는 젊은 청년, 그가 바로 나와 함께 기차를 탔던 그날의 다른 한 주인공 무군이었다. 더부룩한 머리, 가무잡잡한 얼굴, 중키에 약간 마른 체형이었지만 근육은 제법 탄탄한 옛 모습 그대로였다.

내가 새침하게 혹은 어리둥절한 얼굴로 젊은 친구들 자리에 앉아 있는 동안 무군은 여전히 쾌활하게 하객들의 시중을 들었다. 얼굴과 귓불이 벌겋게 달아오른 아버지도 보였다. 그는 옆자리에 앉은, 윤곽이 희미한 얼굴의 아저씨를 붙들고 비겁하게 주절거렸다.

─그러니까, 내 딸이 누군지 아나 말이오. 내 딸은 상

20

아라고요, 상아. 알지? 상아가 어떤 여잔지.

때아닌 상실감으로 덜덜 떨리는 아버지의 손에서 잔을 빼앗은 사람은 어머니였다. 대놓고 무군을 탐탁지 않아했던 어머니였지만 약혼식을 주선한 것도, 누구보다 열심히 요리를 나른 사람도 어머니였다. 모든 것이 빗나가고 있었다. 상이 파하고 손님들이 모두 돌아간 다음 나는 바깥 담장 아래에 섰다.

—넌 좋니? 뭐가 그리 좋니? 온 밤 입이 헤벌쭉해서.

차가운 겨울 달을 등진 무군의 실루엣은 파르스름한 달빛으로 빛났다.

—그럼 좋지. 얼마나 좋니? 넌 안 좋았어?

무군은 새초롬하니 토라진 나를 큰오빠처럼 가볍게 안아주었다.

—여자들이 이런 때 민감해진다 하더라. 내일이면 괜찮아질 거야. 알았지?

무군의 품에서는 무군의 냄새가 났다. 이게 무군의 냄새구나. 나는 그에게 안겨 그의 냄새를 한참 맡았다. 내일이면 정말 괜찮아질까? 무군과 같이 떠나는 것이 즐거워지고? 내가 지금 제대로 가고 있는 건가? 어린 연인의 품 안에서 나는 그런 생각을 했다.

3

나의 고향 남산촌은 1950년대 말 기아와 전쟁 중이던 중앙의 수전(水田) 권장 정책에 힘입어 소남산 자락 낮고 평평한 습지대에 개척된 조선족 마을이었다. 두만강을 건너 바로 정착하기 편리한 연변 지역은 산 좋고 물 좋고 조선 사람도 많았지만 수전으로 쓸 만한 평지가 부족한 게 흠이었다. 남산촌 최초의 십수호 개척민은 거개가 연변 일대와 좀더 반경을 넓힌 흑룡강, 교하, 돈화 등지에서 살던 조선 이주민들이었다. 유동성(流動性)에 강한 민족적 개성과 엉성했던 호적관리 체계를 이용하여 그 시기 안쪽(연변 지역에서 대륙 내부 쪽에 거주하는 조선족 공동체를 지칭하는 표현. 산거지구散居地區라고도 함)에서 그렇게 개척된 조선족 마을들이 많았다.

1970년, 한창이던 동란(문화혁명)의 물결을 타고 20대 젊은 청년으로 남산촌에 합류한 아버지는 도문 태생이었고 그는 남산촌에 정착하던 중 친정집이 내몽골에 있는 이웃 아낙의 주선으로 어머니와 가정을 이루었다. 어머니의 기억에 따르면 '서발 장대 마음껏 휘둘러도 거칠 게 하나 없는' 살림이었다. 어머니는 아버지의 멀쑥한 외모와 붉은 사상 선전대 핵심이자 손풍금 능수라는 말에 짐을 싼 자신의 경솔함을 여러번 자책했다. 다행히 내가 네살 나던 해, 영원히 끝날 것 같지 않던 한 시절이 막을 내렸다.

　어린 시절의 남산촌은 7개 소대에 500여호 주민들이 모여 사는 큰 마을이었다. 눈뿌리 시리게 펼쳐진 풍요로운 논밭, 그 가운데로 2리 남짓 쭉 이어진 마을의 큰길……
봄이면 나는 친구들과 수로 곁 습지에서 미나리를 캐고, 여름이면 반두로 미꾸라지나 붕어 새끼를 건지고, 가을이면 소남산에 올라가 머리 굵직한 달래와 장조림에 넣기 맞춤한 민들레를 캤다. 여름밤이면 크고 작은 동네 아이들이 모여 술래잡기를 했고 겨울에는 투명한 엿처럼 꽝꽝 언 소남하에서 얼음을 지치고 썰매를 탔다.

남산촌을 개척한 원로 촌장이자 가장 먼저 외화벌이를 나간 6소대 최갑부 집안 대봉이네 벽돌집이 우리 앞집이었다. 대봉이네와 어깨를 나란히 겨루고 선 벽돌집이 애화네였고 육계 수백마리를 기르던 조대장은 애화네 앞집, 7소대로 가는 길목의 동네 유일한 구멍가게는 봉금네 것이었다. 유치원 선생님인 어머니와 단둘이 살던 나의 단짝 연실이, 그리고 어린 나와 손잡고 새 신부를 보려고 달리던 말괄량이 복희가 생각난다. 그래, 그 황홀하게 아름다운 신부 이야기는 꼭 한번 해보고 싶다.

그것은 38년 전 남산촌의 늙은 느티나무 아래에서부터였다. 아침부터 그 부근에서 얼쩡거리던 어른들은 정오가 가까워옴에 따라 점점 더 많이 모여들었다. 1980년대 초, 가정경영책임제가 활발히 진행되기 시작한 시절이었고 생산량도 쌀값도 한창 좋은 수전마을 전성기의 초반이었다. 신부는 기차로 열두어시간 거리에 있는 시골 출신이라 했는데 역에 내려서부터는 지프차에 태워져 들어올 예정이었다. 나는 조무래기 친구들과 함께 온통 들떠 있는 마을을 작은 물고기처럼 휘젓고 다녔다. 한 집의 잔치가 온 마을의 경사였고 아무 집이 당한 상은 동네 전체의 슬픔이던 시절이었다. 나와 어린 친구들은 배에서 나는 꼬르륵 소리를 여러번 들었다. 그래도 기다렸다. 어른들도 모두 기다렸다. 나중에는 잔치음식을 담당하던 아주머니들도 행주치마에 손을 닦으며 마당에 나와 서성거렸다. 시간 단위로 잴 수 없는 막막한 기다림, 그러나 언제든 반드시 오리라는 충만한 확신감, 그것이 가장 아름다운 잔치의 서막이었다.

갑자기 누군가 '온다' 하고 소리쳤다. 정지해 있던 고요한 어둠 속으로 한줄기 가늘고 환한 빛이 지나가듯이, 아무런 전조 없이 단단한 침묵이 깨진 것이었다. 곧 마을 어귀의 그 늙은 느티나무 아래가 술렁이기 시작했고, 온다, 온다, 저기, 저기, 하는 외침 소리가 동네 곳곳에 전달되었다. 마을은 흥분의 도가니에 빠져들었다. 막막하던 기다림 덕분에 기쁨은 배로 커졌다. 뽀얀 먼지를 일구며 초록색 지프차가 마을길에 나타났고, 사람들은 잔칫집 대문 곁에 멈춰설 때까지 차 앞에서 걷고 곁에서 따르고 뒤에서 달렸다. 어느 구간에서는 미리 길 위에 짚단을 깔고 기다리던 동네 청년들의 강도극도 연출되었다. 빨간 봉투가 신랑의 안주머니에서 하나둘 꺼내져서 청년들의 손에 쥐여졌다. 모든 결혼식이 그렇듯이 서로 예상했던 금액이 맞지 않았는지 약간의 실랑이도 벌어졌다. 그것도 잔치의 한 과정이었으므로 사람들은 모든 세목들을 놓칠세라 흥미롭게 구경했다. 나는 손에 땀을 쥐고 종종거렸다.

우여곡절 끝에 짚단이 치워지고 차는 드디어 잔칫집에 도착했다. 마을의 모든 어른들이 길가와 대문 양옆과 마당에 이르기까지 물샐틈없이 모여 섰다. 약삭빠른 아이들은 담벼락을 타고 올라가 걸터앉기도 했다. 그들이 그토록 오래 기다렸던 순간, 아름다운 신부의 모습을 볼 수 있는 찰나가 거의 다가온 것이었다. 나는 키가 너무 작아 앞이 보이지 않았다. 신부를 보지 못한다면 그날의 결혼식은 아무 의미도 없었다. 나는 복희와 함께 사람들 틈을 이리저리 비집고 다녔다. 그러다 잔칫집으로 들어가는 부엌문 어귀에서 마침내 앞자리를 차지할 수 있었다. 벌써 대문 쪽에서부터 우— 환호 소리가 터지기 시작했다. 소리는 빠르게 가까워졌다. 내 눈앞에 신부를 안은 신랑이 갑자기 나타났다. 연분홍색 치마저고리를 입고 첫눈처럼 하얀 꽃너울을 쓴 신부였다. 정오의 밝은 햇빛이 너울 속 신부의 얼굴을 아름답게 비추었다. 발그레 연지를 바른 매끄러운 얼굴, 살포시 감은 떨리는 눈초리, 불안한 듯 두려운 듯 부끄러워하면서도 황홀해하는 신비한 표정…… 그것이 어린 상아가 간직하고 있는 환상의 결혼식 장면이었다. 나는 그날 본 것처럼 아름다운 신부를 다시는 보지 못했다.

  몇년이 지나 내가 유치원생이 되었을 때 새벽마다 동네에는 어린 소년의 목소리가 울려퍼졌다. 소학교 1학년생 여덟살짜리 소년이었다. 두부 사시오, 두부 사시오! 여름이면 훤히 동이 트여서 괜찮았지만 겨울에는 무거운 어둠이 짙게 깔린 신새벽이었다. 동북지구의 강추위에도 하루를 거르지 않고 소년은 매일 개털모자를 쓰고 두터운 솜신을 신고 두부를 팔러 나왔다. 노란 나무판 속에 따뜻한 김 모락모락 나는 우윳빛 두부모들. 깨끗한 겉이불을 덮은 리어카는 그의 어머니가 끌었지만 '싸구려'를 외치는 일은 항상 가무잡잡한 얼굴의 소년 몫이었다.

어른들은 눈곱을 뜯으며 일어나 바가지에 쌀을 한됫박씩 들고 나와 소년이 잽싸게 벌려주는 자루 속으로 부어넣었다. 하들하들하고 고소한 두부는 그 시절 아주 맛나고 훌륭한 반찬이었다. 두부를 파는 집은 무씨 성을 가진 소년의 집뿐이었지만 나는 한번도 소년에게서 두부를 사본 기억이 없었다. 대신 아버지가 숟가락으로 양념간장을 떠서 두부 위에 놓고 한술 듬뿍 먹으며, 허 참, 하마터면 벌금 물고 낳을 뻔했다는(산아제한 정책 때문에) 무씨네 막내, 여간 야무진 게 아니던데? 낳은 보람이 있어, 하며 허허 웃던 기억은 있었다. 그 소년이 무군이었다.

그리고 많은 시간이 흐른 지금, 금성이네 셋집 거실에 누워 나는 물었다.

— 엄마, 나 무군이랑 약혼할 때 많이 섭섭했어? 그니까 왜 그렇게 서둘렀던 거야. 젊은 남녀가 도시로 같이 떠나는 게 걸리기도 했겠지만, 그래도 그때 나 아직 너무 어

렸잖아……

　마흔 하고도 세살을 더 먹은 나였다. 어머니는 대답 대신 가벼운 코골이로 내게 응수했다. 종일 비행기와 버스와 택시에 시달렸을 것이다. 집 안은 조용했다. 식구들의 쌕쌕거리는 숨소리와 이불 뒤척거리는 소리만이 내 주위를 떠돌고 있었다. 나는 베개에 더 깊숙이 머리를 박았다. 눈을 감자 낡은 커튼과 그 사이로 어두운 불빛 새어들던 기차, 덜커덩덜커덩 레일에 바퀴가 부딪치는 소리가 단조롭게 들려왔다.

　약혼잔치가 끝난 지 대여섯새 만이었다. 혼자 눕기에도 비좁은 침대칸에 나와 무군은 한 이불을 덮고 서로를 향해 모로 누웠다. 무군의 냄새가 이불 속으로부터 스멀스멀 풍겨나왔다. 방금 전 침대칸을 순찰하던 승무원에게 훈계를 듣고서 무군은 내 이불 속으로 숨어들었다. 푸른 모자를 쓰고 제복의 칼라를 빳빳이 올린 남자 승무원이 한 침대에 누워 속닥거리고 있는 연인들에게 무자비하게 플래시를 비췄었다.

─거기! 두 사람 지금 뭐 하고 있는 거요? 공공장소에
서!

　　나와 무군은 깜짝 놀라 일어나 앉았다. 노란 플래시 불
빛이 내 얼굴에서 무군의 얼굴로 옮겨갔다.

　　─표는? 둘 다 있소?

　　무군이 침착하게, 한 사람의 좌석인데 동행이라 할 얘
기가 있어 잠깐 들렀다고 둘러댔다. 한 사람만 침대표를
사면 차비를 크게 절약할 수 있다고 무군은 말했었다. 물
론 천진까지의 만만치 않은 여비는 무군이 냈다.

　　승무원은 무슨 중대한 범죄현장이나 습격한 듯 우쭐거
리면서 말했다.

　　─소등이오. 빨리 제자리로 돌아가시오. 그리고 행동
조심하시오, 알았소? 요새 젊은 것들이란 통 개념이 없어
서……

　　마지막 한마디는 돌아서서 가는 중에 혼잣말처럼 뱉은
것이었다. 나는 그 말에 화딱지가 발칵 나 하마터면 승무
원의 뒤통수에 대고 소리칠 뻔했다.

　　─우린 아무 짓도 하지 않았어요! 그리고 며칠 전에

약혼도 했다고요!

나는 그 말을 하지 못했다. 씩씩 기분 나쁜 숨을 몰아쉬는 나를 무군이 달래주었다.

―괜찮아, 난 안 갈 거야. 이불 속에 들어가면 안 보여. 그리고 불 끄면 저 사람, 다시 오지도 않을걸.

무군은 말한 대로 이불을 머리끝까지 뒤집어썼다. 좁은 침대칸에 모로 누워서 무군은 내 허리를 안았다. 이불에서 냄새가 좀 났지만 무군이 안아준 덕에 몸은 따뜻해졌다. 곧 불이 꺼졌고 도란도란 얘기를 나누던 중 나는 무군의 대답이 점점 뜸해지는 것을 느꼈다.

나는 반듯이 누워서 위층 침대에 깐 널빤지를 바라보았다. 거기에 누운 사람이 움직거릴 때마다 널은 삐걱삐걱 애처로운 소리를 냈다. 아래층 침대에서는 코 고는 소리가, 맞은편에서는 빠득빠득 이 가는 소리도 들렸다. 나는 낯선 행성에 혼자 살아남은 인간처럼 외로웠다. 커튼 사이로 어느 작은 역 플랫폼의 붉은 불빛이 어둡게 새어들었다. 다행히 이번에는 무군이 곁에 있었다. 나를 안고 있는 무군의 팔, 이불 속에서 들려오는 그의 숨소리는 진실

했다. 나는 손을 뻗어 무군의 더부룩한 머리카락을 쓰다 듬어보았다. 잡초처럼 수북하고 억센 머리카락이었다. 무군은 잠꼬대처럼 중얼거렸다. 걱정 마, 여기서 잘 거야. 널 떠나지 않을 거라고. 나는 그 말에 가슴이 뭉클해졌다. 무군과 같이 떠난 것이 정말 잘한 일이라고 생각했다. 그래, 얘가 곁에 있어서 난 훨씬 쉽게 불안을 이길 수 있을 거야. 얘 없이 나 혼자 낯선 곳으로 가서 생활한다는 것은 상상만 해도 끔찍한 일이지.

그러나 한편 이런 생각도 들었다. 이런 것도 사랑이라 할 수 있을까? 에덴에 남겨진 단 한명의 남자와 단 한명의 여자 같은 경우. 다른 선택이란 있을 수 없고 절대적 외로움과 고독 속에서 유일하게 실재를 확인할 수 있는 낯익은 상대와 함께함으로 그에게서 느끼는 안정감과 친밀감, 의지하고 싶은 감정…… 이런 것도 사랑이라 할 수 있을까?

4

상해.

중국의 지구라트 금무빌딩이 있는 곳, 아편전쟁 이후 아시아에서 가장 번화한 항구로 급부상한 초대형 국제도시, 원 3대 직할시이자 개혁개방 정책에 힘입어 최초로 구획된 14개 연해 도시 중 하나. '북상광심'(북경·상해·광주·심천)이라는 대학생들의 유행어를 따라 상해에 정착한 금성은 이제 상해 사람은 상해를 제외한 다른 지역의 중국인들을 모두 촌사람으로 여긴다는 말을 이해한다고 했다.

하늘을 무절제하게 점유해버린 고층건물들이 이른 아침의 햇살을 한나절이나 막아세워 금성네 아파트에서의 아침은 고향 도시에서보다 늦게 찾아왔다. 해가 솟아오를수록 아득히 내려다보이는 건물숲 사이의 그림자도 깊어갔다. 간밤에 한소끔 내린 소낙비 덕분에 집 안 공기는 어젯밤보다 서늘했다. 어머니와 내가 주방 구석구석을 털어보며 아침 겸 점심 식사를 준비했다. 어제 금성이 부탁한 대로였다. 아홉시가 넘어서야 방문이 열리고 부스스한 잠옷 차림의 예비부부가 걸어나왔다. 할 일이 마땅치 않은 아버지는 새벽녘에 우리 쪽으로 건너온 훈이를 데리고 동네 슈퍼를 한바퀴 돌고 왔다. 나는 이제껏 두 사람만 간편하게 사용했을 작은 상을 펴고 곁에 비슷한 높이의 수납함을 붙인 다음 그 위에 옷장에서 떨어져나온 것 같은 기다란 널빤지 하나를 걸쳐두었다. 최후의 만찬 같은 분위기가 났지만 별수 없었다. 가족들이 이렇게 모두 모여 비좁게 부대끼며 아침밥을 먹는 것이 얼마 만인지 몰랐다.

어제 오후 어머니가 버무려놓은 막김치는 사각거리고 시원했다. 아버지는 부지런히 숟가락질을 하면서 아들에게 이런저런 소소한 질문을 했다. 회사는 경기가 좋으냐, 둘 다 보험은 있느냐, 상해에서 이만한 아파트는 얼마나 하냐, 평생 세 들어 살 수는 없을 것이고 곧 아이도 태어날 텐데 내 집 마련 계획은 있는 거냐 등등. 금성은 예비신부의 안색을 슬쩍 훔쳐보면서 대충 답을 했다. 두 사람 모두 수년 동안 실력 쟁쟁한 일본 회사에 근무하고 있어서 보험은 물론 수입이 적지 않다는 것은 나도 알고 있었다. 이제는 소비를 줄이고 적금을 늘려서 도시 변두리에 있는 작은 중고 아파트라도 마련할 생각이라고 금성이 말했다. 내가 느끼기에도 그동안 두 사람의 소비습관은 셋방살이라는 격에 어울리지 않게 사치한 편이었다.

예비신부는 화제가 그다지 탐탁지 않다는 표정으로 형식적으로 숟가락질을 했다. 어머니가 아버지를 살짝 흘겨보며 팔꿈치를 찔렀고 우리는 그날의 할 일을 확인하는 것으로 화제를 바꿨다. 모든 준비는 두 사람이 상의하에 거의 마친 상태였다. 식사를 마친 그들은 노트북을 켜서 '결혼'이라고 이름 붙인 파일을 열어 조목조목 체크를 했다. 내게 부탁한 일은 부모님과 훈이를 잘 돌보는 것과 예식이 시작되기 한두시간 전에 호텔에서 가까운 빵집에 들러 웨딩케이크를 찾아오는 것, 그리고 신부가 대기실에 앉아 있는 막바지에 이르러 예식장의 모든 상황을 끝까지 지켜보는 것이었다. 내가 이해한 바에 따르면 그들이 선택한 예식은 민족의 풍습과 요즘 상해의 유행과 그들 개인의 취향을 적절히 버무려놓은 것이었다.

두 사람이 미용실에 들러 화장을 마치고 옷을 갈아입은 뒤 본격적인 기념촬영에 들어간 것은 느지막한 오후 나절이었다. 칼날 주름을 세운 까만 정장을 입은 금성이 화려한 부케를 들고 촬영기사와 함께 문어귀에 나타나서야 오늘이 저 아이의 결혼일이라는 실감이 불현듯 들었다. 예비신부는 그녀가 잘 알고 지내는 친구의 아파트 — 신부의 친정 식구들이 요 며칠간 빌려 머물고 있는 중이었다 — 로 가서 신랑을 기다릴 것이었다. 촬영기사가 젊은 조수 한 사람을 데리고 왔고 금성의 친한 친구 두명도 그들과 같이 들어왔다. 촬영기사는 거실 바닥에 편 새 깔개와 핑크 계열의 엷은 커튼이며 내가 풍선으로 간단히 장식한 벽이며를 체크해보고 나서 어머니와 아버지를 깔개 위에 앉혔다. 촬영기사와 그의 조수가 신호를 보내자 금성은 주춤거리다가 두 손을 머리 위에서 모아 부모님께 큰절을 올렸다. 아이러니하게도 예식장에 가기 전까지의 순서에서는 촬영기사가 그들의 주례자가 된 셈이었다. 카메라를 위한 큰절이었지만 일단 절이 올려지자 하는 사람도 받는 사람도 곁에서 보고 있는 나도 뭔가 숙연한 마음이 들었다. 촬영기사가 부모님께 덕담 한마디씩을 청하자 어머니는 그만 본인도 예상하지 못한 물빛을 비치고 말았다.

　신랑 집에서의 촬영이 끝나고 나는 금성과 그의 친구들을 따라 신부가 기다리고 있는 아파트로 갔다. 형형색색의 예쁜 옷을 떨쳐입은 신부 쪽 친척집 아이들이 일렬로 나와 신랑이 들어갈 입구를 막아선 모습이 저만치 보였다. 그중 한 아이는 어느 어른이 만들어준 듯한, 구멍이 여러개 뚫린 신문지를 들고 서 있었다. 길을 막은 아이들과 신문지 구멍마다에 돈을 채워주고 나서야 금성은 신부의 집 안으로 들어갈 수 있었다. 금성이 양복 안주머니에서 미리 챙겨넣은 붉은 봉투를 꺼낼 때마다 나는 어린 상아로 돌아간 듯 가슴을 졸였다. 금성은 큰 아이들에게는 넓고 큰 봉투를, 조무래기들에게는 작고 좁은 봉투를 쥐여주었다. 신부가 전날 저녁 아이들의 이름을 꼽으며 금성에게 미리 챙겨준 봉투들이었다.

　'신부의 집'은 오래된 아파트였다. 엘리베이터를 타고 8층, 그 집 문 앞에 내렸을 때 맞은편과 중간 집에서는 아예 현관문을 열어놓고 구경하고 있었다. 신랑의 집보다 더 품을 들여 꾸민 흔적이 역력했다. 천장에는 길게 늘어

뜨린 붉은 꽃종이가, 현관문과 커튼과 벽에는 순서를 맞춘 핑크색과 하얀색의 풍선이, 신부가 대기하고 있는 안방 문에는 아름다운 꽃걸이가 걸려 있었다. 우리 식구들보다 훨씬 많은 수의 친척과 가족들이 그 집에 몰려 있었고 방 안에는 향수 냄새와 화장품 냄새가 가득했다. 신부의 어머니와 이모들로 보이는 여자 몇이 올림머리에 화장을 하고 한복을 차려입고 있었다.

금성이 문간에 들어서는 기척에 안방에서 술렁이는 소리가 들렸다. 중간 높이의 포니테일에 리본 장식으로 포인트를 주고, 어깨가 살짝 드러난 간결한 디자인의 순백 드레스를 입은 신부가 그 안에 있었다. 몇시간 전까지 부스스한 잠옷 차림으로 우리 식구들과 같이 아침밥상에 앉아 있던 아이라고는 상상하기 쉽지 않았다. 금성이 촬영기사의 신호에 맞춰 한쪽 무릎을 꿇고 신부에게 부케를 건넸는데, 촬영기사는 각도가 잘 잡히지 않는다며 그 장면을 두번 더 반복시켰다. 신부가 손을 내밀어 부케를 받아안는 순간 누군가 웨딩 폭죽을 터뜨렸다. 그것은 아마 촬영기사의 시나리오와 상관없는 이벤트 같았다. 조선식

꽃방석이 깔린 거실 바닥에서 드디어 두 사람이 신부의 부모님께 큰절을 올렸다. 신부의 어머니는 북받치는 감정을 주체하지 못하고 어깨를 들썩이며 손수건으로 연신 콧물을 닦았다. 두번의 NG를 더 거치고 드디어 신부 집에서의 장면이 통과되었으며 그다음 촬영은 상해 거리를 달리는 장면이었다.

처가 식구들의 응원 소리 속에 금성은 임신 전보다 무게가 많이 나가는 신부를 약간 힘들게 업고 나갔다. 현관문에 이르러 신랑의 구두 한짝이 없어진 사실이 드러났는데 그 기발한 아이디어를 생각해낸 아이는 그전 아이들보다 배로 돈을 얻었다. 금성은 신부를 무더기 생화로 장식된 빨간 캐딜락 뒷자리에 앉혔다. 캐딜락은 천창을 열어젖히고 그곳으로 카메라를 내밀고 선 촬영기사의 봉고차 뒤를 천천히 따라나섰다. 그들이 모두 떠나가기를 지켜본 뒤 나는 부모님과 훈이가 있는 아파트로 20분 남짓 걸어서 돌아왔다. 남산촌의 환상의 결혼식은 이제 아득히 색이 바래져갔다.

5

── 네가 상아냐?

소학교 5학년, 열두 살에 접어든 소년이 4학년 교실 창
문 바깥에서 물었다. 나는 약간 겁먹은 얼굴로 자그만 뙤
창문에 붙어서서 바깥의 무군을 내려다보았다. 날씨가
아직 차던 탓에 문풍지가 뜯겨 있는 창문은 그 뙤창뿐이
었다. 방금 전 뙤창문 창살에 대롱대롱 매달려 나를 부르
던 무군은 깃을 목젖까지 세운 까만 인민복을 입은, 유난
히 더부룩한 머리카락의 소년이었다. 무군이 창살 너머
로 내게 건네준 도시락에는 아침에 어머니가 넣어준 대
로 반으로 잘린 절인 오리알이 흰밥 속에 단정히 박혀 있
었다. 나는 마음이 두근거렸다. 내가 무군에게 건넨 다른
하나의 도시락에는 감자배추볶음 반찬이 쌀밥이랑 뒤섞
여 있다는 것을 알기 때문이었다. 고춧가루가 들어 있는
반찬 국물이 밥 위에 되는 대로 튀어 그 도시락은 얌전히
있던 식욕마저 쫓아낼 수 있을 정도로 지저분했다. 무군
은 도시락 뚜껑을 열어 돼지죽 같은 내용물을 흘끔 일별

한 다음 머리를 들어 나를 유심히 쳐다보았다. 눈꼬리가 살살 올라가는 것이 놀리는 것 같기도 했지만 그런 것은 아니었다.

──그래, 네가 상아란 말이지.

말하자면 상아와 무군의 정식 대면인 셈이었다.

쌀쌀한 초봄 또는 늦가을부터 학교에서는 수돗간 옆방에 커다란 원기둥 모양의 철가마를 걸고 불을 지펴 아이들의 도시락을 덥혀주었다. 오전 4교시가 끝나는 종이 울리면 아이들은 한시라도 더 빨리 도시락을 찾아 먹기 위해 벌떼처럼 철가마 주위에 모여들었는데 그 혼잡한 중에 도시락이 쏟아지는 사고도 흔하게 발생했다. 그날 나도 바로 그런 일을 당했다. 수업이 늦게 끝나 친구들과 같이 달려갔을 때에는 철가마 속에 도시락이 몇개 남지 않았다. 나는 뚜껑 위에 새긴 이름을 보지 않고도 한눈에 내 도시락을 찾을 수 있었는데, 그 도시락은 뚜껑이 반쯤 열려서 반찬에 뒤섞인 밥을 이미 어느 정도 게워낸 뒤였다. 화창한 날에 느긋하게 거리를 걷다가 갑자기 누군가에게 덜미를 잡혀 쓰레기통 곁으로 패대기쳐진 기분이었다.

친구들은 장례식장에 들른 조문객들처럼 묵묵히 서서 내가 자신의 불행을 감당하려고 애쓰는 모습을 안쓰럽게 지켜보았다. 너무 신경 쓰지 말고 우리랑 같이 먹자고 마음 따뜻한 연실이 위로했다. 나는 눈물을 훔치며 친구들에게 둘러싸여 반으로 돌아와 친구들의 도시락 곁에 내 볼품없는 도시락을 올려놓았다. 그날따라 반찬도 감자와 배추에 고춧가루를 뿌려 볶은 이상한 것이었다. 집에서는 한번도 이런 반찬을 먹어본 적이 없었다. 아침에 부엌에서 어머니가 절인 오리알을 반으로 잘라 동생 금성의 도시락이랑 같이 넣어주는 것을 보았는데 소란통에 튀어나갔는지 오리알은 부스러기조차 없이 사라졌다.

나는 친구들을 실망시키지 않으려고 억지로 몇숟갈 먹었다. 그때 갑자기 바깥에서 "진 창어(金嫦娥), 창어가 누구야?" 하고 부르는 소리가 들렸다. 친구 중 한 아이가 달려가 유일하게 문풍지가 없는 그 뙤창문을 잡아당겨 열었다. 바깥에서 나를 부르던 목소리의 임자가 훌쩍 뛰어오르면서 두 손으로 창틀에 박힌 창살을 잡았다. 검고 숱 많은 머리카락이 유난히 더부룩한 소년이었다.

나는 얼떨떨해서 자리에서 일어났다.

─내가 상안데……

소년은 한 손으로 창살을 잡고 다른 한 손을 재빨리 떼어내 친구가 아래에서 넘겨준 듯한 도시락을 집어 창살 사이로 건넸다.

─넌 먹었니? 난 안 먹었는데, 오리알.

나는 꿈에서 깨어난 듯 화들짝 놀라 내가 들고 온 지저분한 도시락의 뚜껑을 다시 한번 들여다보았다. 세상에! '4학년 2반 김상아'라고 쓰여 있어야 할 자리에 왜 '5학년 1반 무군'이 있는 거야? 친구들도 달려들어 한번 더 확인했다. 그러니까 뭐야, 쏟아진 건 상아의 도시락이 아니라 저 애 것이었단 말이야? 웃으면 안 되는 상황이었지만 친구들은 킥킥 웃었다.

나도 그만 함박 웃고 말았다. 나는 도시락을 덮어 들고 창가로 갔다. 소년은 팔힘이 딸리는지 더는 버티지 못하고 툭 떨어져나갔다. 소년이 건네준 도시락은 창턱 위에서 나를 기다리고 있었다. 뚜껑을 열어보니 노란 감자채 볶음과 오리알 반쪽이 단정히 제자리에 있었다. 나는 내 도시락과 너무도 비슷하게 생긴, 이제는 쏟아져서 지저분해진 도시락을 조심스레 창살 너머로 건넸다. 소년은 까치발을 하고 팔을 머리 위로 올려 가까스로 도시락을 잡았다. 그는 뚜껑을 쓱 열고 내용물을 힐끗 확인한 다음 눈을 들어 상아를 보았다.

─그래, 네가 상아란 말이지?

내가 아무 대답이 없자 소년은 씩 흰 이를 드러내며 웃었다. 그의 눈빛은 가물가물 웃는 것 같기도, 반짝반짝 빛나는 것 같기도 했다. 어떤 재미있는 놀이를 발견했을 때의 즐거움과 흥분, 그리고 이 상황에 어울리지 않게 뜬금없는 그리움과 설명하기 어려운 갈증 같은 것이 그 안에 있었다. 운동장에서 소년이 뛰노는 모습을 볼 때마다 나는 내 것과 기막히게 비슷하게 생긴 그의 도시락을 떠올렸고, 그러나 다음 학기가 시작돼서는 도시락 뚜껑에 새겨진 그의 이름을 차차 잊어버렸다.

6

　부모님과 훈이를 택시에 태우고 나는 금성이 예약한 호텔 18층으로 올라갔다. 하얀 정장을 입은 금성과 장밋빛 드레스를 입은 여자친구의 웨딩사진이 붉은 카펫을 깐 복도에 세워져 있었다. 가족들 외의 하객은 아직 입장 불가였고 혹시 미리 도착하는 하객들을 배려하여 연회장 입구에 대기석과 여러 종류의 주전부리를 올린 상이 마련되어 있었다. 연회장 안에는 여덟개의 테이블이 준비되어 있었는데 테이블마다 생화 묶음이 꽂힌 꽃병과 하객들의 이름이 적힌 카드가 깔려 있었다. 조명은 은은할 정도로 밝았고 우윳빛 테이블보 위에는 포장된 답례품과 예쁜 사탕봉지, 5리터짜리 음료수 두병과 물과 한병의 술이 차려져 있었다. 와인색 조끼 정장을 입고 무전기를 손에 든 호텔 직원들이 총총히 지나갔고 웨딩업체 직원들은 신랑 신부가 걸을 꽃길을 장식하느라 여념이 없었다. 촬영팀과 음향팀 멤버들이 자리한 무대 쪽은 이미 준비가 끝난 상태였는데 계단식으로 아찔하게 쌓아올린 샴페인 샤워기 맞은편에는 금성의 주문대로 조선식의 큰 상이 화려하게 차려져 있었다.

신부는 대기실에서 신랑과 친구들과 함께 수다를 떨며 앉아 있었다. 내가 찾아온 웨딩케이크도 상에 올려졌고 모든 준비 과정에서 특별히 골치 아픈 상황은 벌어지지 않았다. 6시 45분에 즈음해서 하객들이 속속 착석하기 시작했으며 예식은 예정대로 순조롭게 진행되었다. 하객들은 조선어와 한어(漢語)와 일본어를 구사하는 세 부류로 나뉘었으며 그에 걸맞게 금성이 섭외한 사회자도 세가지 언어를 능란하게 구사하며 식을 진행했다. 화촉 점화에 이어 신랑 신부가 입장했고 서약 낭독과 선물 교환 후 양가 부모님께 인사를 드렸으며 신부 쪽 친구가 축가를 부르는 중 두 사람의 영상 모음과 현장에 오지 못한 친구들의 축하 메시지가 상영되었다. 한복으로 갈아입은 신부가 신랑과 함께 큰 상 앞에 앉았을 때는 예식이 시작된 지 이미 40분이 넘어갔다. 신부가 밥 속에 파묻힌 계란을 신랑에게 먹여주는 모습을 보다가 나는 정숙에게서 온 문자를 받았다.

─지금 한창이겠구나. 어떡하지? 오늘 갑자기 일이 좀 생겨서 못 갈 거 같다.

─괜찮아요, 언니. 바쁠 텐데 여기까지 신경 안 써도 돼요.

나의 문자를 보고 정숙이 다시 답을 했다.

─암튼 미안하게 됐고, 너 시간 괜찮으면 내일은 어떠니?

나는 잠깐 고민하다가 그녀에게 내일은 가족들이 같이 상해 관광을 하기로 했는데 그녀가 낼 수 있는 시간에 따라 식구들과의 일정 하나쯤 뺄 수도 있다고 얘기했다.

─그래? 그렇다면 고맙지. 그럼 우리 내일 보자.

정숙은 우리 식구들의 일정을 들어보더니 예원을 둘러볼 시간인 오후 네다섯시경에는 시간을 낼 수 있겠다고 말했다. 아무래도 사장의 눈치를 봐야 하는 정숙보다는 내가 그쪽으로 가는 것이 합리적이었고, 나는 그녀가 일러준 대로 지하철을 세번 갈아타기로 했다.

정숙과의 만남이 하루 더 연기된 것을 확인하고 나는 무의식적으로 숨을 길게 내뱉었다. 잘된 일이랄 것도 그

반대도 아닌 것 같았지만 내 마음이 잠깐이나마 좀더 안정된 것은 분명했다. 정숙도 같은 느낌이었을까. 우리는 출전 준비가 덜 된 선수들인지도 몰랐다.

금성의 예식이 끝나고 한바탕 춤판이 벌어지는 모습을 나는 물끄러미 바라보았다. 알코올 덕분에 흥분한 하객들의 유쾌한 축복, 서로를 바라보는 신랑 신부의 애틋한 시선, 영원히 계속될 것 같은 환락의 분위기. 조선가요가 흘러나오자 한복을 입은 신부 쪽 친척들이 대거 춤판에 끼어들었다. 아버지도 어머니의 눈치를 살피며 그 속에 합류해 들어갔고 멋모르고 흥이 난 훈이는 사람들 틈에서 이리저리 뛰어다녔다. 막판의 춤판 시간이 아니었더라면 아버지는 자신의 존재가치를 무엇으로 증명할 수 있었을까. 조선가요 특유의 4분의 3박자 리듬에 맞춰 강약을 적절히 조절해가며 어깨를 들썩이는 아버지를 보노라면 남산촌 선전대의 꽃미남 손풍금 명수이자 유력한 예비당원의 모습은 좀처럼 연상하기 어려웠다. 어머니가 시대 분위기와 민족적 풍습과 아직은 그리 확고하지 않던 자신의 의지 때문에 남편에게 꽉 잡혀 살던 시절, 어렵사리 낳은

자신의 딸에게 입으로만 무신론자답지 않게 '상아'라는
이름을 지어준 사람은 아버지였고, 나는 스물세해를 그
이름과 함께 약간의 수치스러움과 곤혹 속에서 살았다.

아버지가 그런 내 마음을 이해할지 모르겠지만 나는
철이 들면서부터 사람들이 나의 이름에 별 탐탁지 않은
호기심을 보인다는 것을 느끼고 내내 현실감을 찾지 못
했다.

──뭐, 네가 상아라고? 월궁선녀 상아(상아嫦娥는 항아姮娥
의 다른 이름) 말이지?

그 상아가 천상의 여신이며 절세미인이라는 것은 그때
의 나도 알았다. 그리고 내 얼굴을 유심히 살펴보는 사람
들의 웃음 담긴 눈길도 느낄 수 있었다. 어머니를 닮아 맑
은 피부 덕분에 나름대로 눈에 띄는 소녀였지만 그래도
이름에는 부응하지 못하는 것 같아서 괜히 수치스러웠다.
친구들이 '너 그냥 선녀라고 하지, 김선녀'라고 놀릴 때면
말 그대로 쥐구멍에 들어가고 싶은 심정이었다. 나를 상아
라는 이름으로 인정해준 최초의 사람은 결국 무군이었다.

모든 절차가 끝나고 신랑 신부가 짖궂은 친구들과 같이 그 호텔에 잡은 신혼방에 들어가는 것을 보고야 나는 부모님, 훈이와 함께 금성의 아파트로 돌아왔다. 이슥한 밤이었고 나는 피곤한 식구들을 위해 이부자리부터 폈다. 아버지는 씻기가 바쁘게 곯아떨어졌다. 코골이가 시작되기 전까지 아버지는 흥얼흥얼 가요를 불렀고 간간이 상아야, 결혼 축하한데이! 주사를 부렸다.

─상아는 무슨, 금성이 결혼이라니까. 당신 아들, 김씨 집안 장손 금성이!

어머니가 매번 정정을 해주어도 아버지는 미안, 내가 입이 말을 안 들어서, 다시 할게, 상아야 결혼 축하한데이, 라고 반복했다. 나중에는 어머니도 웃어넘기고 말았다. 저 양반, 어쩜 저렇게 일편단심 딸밖에 모를까. 손도 귀한 집안인데 희한한 일이지.

딸이 '상아'라서 그랬겠지요, 하고 나도 웃었다. 이제는 상아(嫦娥)가 아닌 상아(尙雅), 하지만 상아(嫦娥)였던 시절에는 소년 무군이 그 이름에 반했듯이 젊은 아버지도 그랬지 않을까. 개구리 울음소리 요란한 논밭 사이로 자전거가 달리고 있었다. 마을길 어귀에 세운 스피커에서는 잔뜩 격앙된 '붉은 노래'들이 울려퍼지고 있었고 애꿎은 산자락을 갈았다 뒤엎었다 힘만 빼고 있는 사원들을 뒤로 하고 까만 영구표 자전거는 읍내 공사병원으로 향하고 있었다. 훈이와 어머니 모두 잠이 들었다는 것을 직감으로 느끼며 나는 왠지 더욱 눈이 올롱해졌다. 내일이면 반드시 정숙을 만나야 한다는 부담감이 나를 흥분시키고 있었다. 정숙을 만나기 전까지 나는 어느 정도 그 일을 마쳐야 한다고, 무군과 그녀를 기억해내야 한다고 스스로를 닦달하고 있었다. 어쩌면 상아부터 시작해야 할지도, 아니 상아를 짚고 넘어가야 할지도 몰랐다.

7

1975년의 초여름, 엎치락뒤치락 수시로 돌변하는 험난한 형국 속에서 생산대 사원들의 사기는 날로 시들해가는 중에 독립전쟁 참전군인의 유복자로서 당과 조직의 주목을 받던 젊은 김홍일 동무는 여전한 열성으로 각종 비판대회에 참가하고 있었는데, 그날 아침 김동무의 아내가 아무래도 공사병원에 가봐야겠다는 당돌한 요구를 불쑥 꺼냈던 것이다.

김동무의 아내는 빈농 출신이었지만 사상 면에서는 남편의 반의반에도 미치지 못했다. 그날 아침 그녀는 새벽부터 뜬눈으로 지새웠다. 공사병원에 가보고 싶다는 말을 어떻게 남편한테 꺼낼 것인가 하는 문제를 두고서였다. 그녀가 보기에 남편의 붉은 사상은 가장으로서는 아무짝에도 쓸모없었고, 철없고 무정한 남편은 아마 일언지하에 그녀의 요구를 거절할 것이었다.

── 생산대에 지금 할 일이 얼마나 많은데, 아니 애는 다들 집에서 낳는 게 아닌가? 정 혼자 낳기 힘들면 마을의 산파를 부르면 될 테고.

생산대의 회계랍시고 모든 비판대회에 열심을 다하는 남편은 아마 그렇게 비꼴 것이었다.

그러나 그녀는 지난해 콩밭 김을 매다 그곳에서 난산으로 죽은 아이를 생각했다. 할머니들이 여럿 달려와 도와

주었지만 아이는 계속 팔 하나와 다리 하나를 같이 내밀었다. 그녀 혼자 얇은 포대기에 싸서 소남산 자락에 묻고 온 아이는 고추 달린 사내아이였다. 김홍일의 아내는 다시는 아이를 죽일 수 없다고 생각했다. 예정일이 열흘 남짓 지났지만 이번 배 속의 아이는 아무 기미도 없었다. 그녀의 상상 속에서 아이는 탯줄을 목에 칭칭 감은 채 숨이 조여가고 있었다. 남편이 숟가락을 놓기를 기다렸다가 그녀는 속을 졸이며 입을 열었다. 예상대로 남편은 아내의 부패한 소자사상(小資思想, 자본주의 사상의 맹아)에 대해 한바탕 훈계하고는 가타부타 아무 말 없이 쓱 집을 나갔다. 그리고 한참 뒤 생산대 치보주임에게서 소개장을 받아가지고 돌아와 영구표 자전거 뒤 안장에 널빤지를 칭칭 동여맸다.

조선 동네를 한참 벗어나 한족 동네의 배추밭을 지나다가 아스팔트로 올라가는 구간 사각으로 파인 커다란 인분 구덩이 곁에서 김홍일은 핸들을 휘청거렸다. 아얏! 하고 아내가 갑작스레 통증을 호소했기 때문이었다. 설마 이제 시작인가, 하면서 김홍일은 페달을 더 힘껏 밟았다. 이 지점이 전체 여정에서 가장 힘든 오르막이라는 것을 김홍일은 잘 알고 있었다. 한족 동네는 이미 지나쳤고 동네와 외따로 떨어진 초가 한채가 앞쪽 배추밭 속에 있었는데, 아내의 군청색 바짓가랑이 사이로 벌써 줄줄 양수가 흘러나오고 있었다.

그제야 얼굴이 파랗게 질린 김홍일 동무, 멍하니 땅바닥에 주저앉는 아내를 내려보다가 화들짝 놀라 자전거를 길가에 팽개친 채 그녀를 업고 배추밭 속 초가집으로 달려가기 시작했다. 달리면서 입속으로 아니, 이놈의 애는 몇날 며칠을 기다려도 나올 생각조차 않더니 이제 병원에 간다니까 뭐 또 이리 급하게 나온다고 할까, 중얼대던 김홍일은 문득 소남산 자락에 묻힌 사내아이가 생각났고, 그날 저녁 마른하늘에서 번쩍이던 기이한 천둥번개와 자신의 뒷전에서 쉬쉬거리던 '우파분자'의 가족들이 떠올랐다. 자두씨 같은 땀방울을 철철 흘리면서 김홍일은 무의식적으로 인간의 생사화복을 주관한다는 그 알 수 없는 존재에게 기도를 드렸다. 제가 잘못했습니다, 제가 죽일 놈입니다, 그러니 이 아이는 제발, 제발 살려주십시오……

나는 그렇게 늙은 한족 양주(兩主)의 집 서까래 아래에서 태어났다. 조그맣고 얼굴이 조글조글한 아이였다. 나는 두 주먹을 꼭 부르쥔 채 그 집 할머니의 봉황이 그려진 빨간 홑이불에 싸여 자지러지게 울었다. 김홍일도 눈물을 펑펑 쏟았다. 그는 황제의 알현을 허락받은 초야(草野)의 장수처럼 실핏줄이 비치는 그 반투명한 작은 주먹을 만지며 감개무량해했다. 감사합니다, 감사합니다! 살려주셔서 감사합니다……

할아버지는 김홍일의 어깨를 치며 동북 사투리가 심한 억양으로 호탕하게 말했다.

─이거야말로 하늘이 내려준 복일세. 병원까지 가지도 못했는데 중도에서 절로 나왔잖소. 보세, 얼마나 튼실한 아이인가.

김홍일은 바보처럼 눈물을 줄줄 흘리며 머리만 주억거렸다.

─그럼요, 그럼요. 하늘이 주신 거죠. 하늘에 감사하고, 당신들께도 너무 감사합니다.

할아버지는 이성을 잃고 횡설수설해대는 철부지 아버

지의 귓가에 대고 누런 이를 번쩍이며 더 크게 외쳤다.

　　—아니오, 우리에게 감사할 건 없구먼. 자네는 하늘에 감사해야 하네, 알겠나? 이 아이는 하늘이 주신 거라구. 하늘의 이름을 지어줘야 한다구.

　　그리고 다음 순간 할아버지의 눈에 띈 것이 공교롭게도 바로 도배지 삼아 안방 벽에 붙인 신문지 속의 「상아분월도(嫦娥奔月圖)」였다. 월궁선녀 상아라, 하늘에 있는 여신의 이름이라니 그보다 더 적합한 것이 어디 있으랴. 선량한 할아버지는 무릎을 탁 치면서 이미 자제력을 잃어 어떤 제안도 달갑게 받을 준비가 돼 있는 아버지에게 말해주었다.

　　—상아! 어떻소? 김상아! 얼마나 좋고 예쁜 이름이오. 바로 이렇게 지읍시다!

　　오지랖이 좀 넓긴 했지만 내 생명의 은인인 할아버지를 어떻게 탓할 수 있으랴. 그 대신 나는 여러번 아버지를 원망했다. 영희, 순희, 금자, 옥자, 춘매…… 하고많은 이름들을 버려두고 하필이면 생뚱맞게 상아라니. 그 대단한 이름 때문에 내가 받은 스트레스와 상처난 자존감은 무슨 수로 치유한단 말인가.

─그러게 말이오. 내가 그랬지요? 아무리 하늘의 복을 타고났기로서니, 그래도 그런 이상한 이름을 지어버리면 두고두고 애가 놀림당할까 걱정이라구.

어머니도 내 역성을 들어주었다. 어머니는 애초부터 하늘이 주신 복 따위를 믿지 않았다. 어려운 상황에서 그렇게 순산할 수 있었던 것은 요샛말로 임신기 내내 유기농 야채를 먹고 출산하는 날까지 부지런히 노동한 결과라는 것이었다. 그 해석에는 어딘지 당시 무모한 시절에 대한 서러움 같은 것이 비쳐 있어서 아버지는 듣기에 좋아하지 않았다.

─그 이름이 어떠래서? 흔한 이름이 아니라서 기억하기도 좋고, 여자 이름치고 너무 고운 이름이구먼 무슨.

스물네살을 먹던 정월의 하순, 설 쇠러 남산촌에 돌아온 나는 새 신분증을 발급받으면서 그 참에 한자 이름을 바꾸었다. 23년을 함께했던 '嫦娥'가 사라지고 그 자리에 전혀 다른 이미지의 '尙雅'가 박혀 있었다. 남편 후예(后羿)

가 서왕모(西王母)에게서 하사받은 불사약을 먹고 월궁으
로 날아간 상아. 약을 먹은 경위에 대해서는 고의로 훔쳐
먹었다거나, 악당 봉몽(逢蒙)의 위협 때문에 부득이 먹었
다거나, 후예가 워낙 독재자여서 백성들을 위해 희생적으
로 먹었다거나 여러 이야기가 갈렸지만 후예 없이 혼자만
먹고 여신이 되었다는 줄거리는 일치했다. 어머니는 이
이름을 께름직해했다. 아버지는 광한궁(廣寒宮) 계수나무
아래서 토끼를 안고 쓸쓸히 지상의 인생들을 내려다보는
상아의 처연한 표정까지 사랑했을지 모르나, 어머니에게
그것은 바람직한 여자의 삶이 아니었다.

무군과 함께 떠나던 해, 매점집으로 걸려온 무군 큰누
이의 전화를 받고 어머니는 그날로 딸내미와 그 약혼자를
위해 짐을 싸기 시작했다. 어머니는 할 수만 있다면 딸내
미가 쓰던 모든 물건을, 집안의 살림살이 전부를 종류별
로, 그리고 딸내미를 보살피고 감독할 수 있는 자신의 분
신까지 싸서 짐 속에 넣어주고 싶어했다.

　　─ 엄마는 참, 외국도 아니고 광주나 해남도도 아니고

열여섯시간만 가면 되는 천진이잖아. 하루도 안 걸리는 거리라고.

나는 떠나는 사람 심란하게 요란히 짐을 싸는 어머니가 맘에 들지 않았다.

─네년이 무슨 수로 내 맘을 알거나? 자식도 품 안의 자식이라고, 내놓기만 하면 다시는 내 새끼가 될 수 없는 게 이 세상 이치인 게다. 이제 너는 다시 돌아온다고 해도 더는 내 새끼가 아닌 게야.

어머니의 그 말이 나의 배신을 예고하는 것 같아서 나는 기분이 상했다. 잠시 뒤 어머니가 그랬다.

─바보 같은 기집애, 한몸에서 떨어져나온 핏덩이가 어떻게 제 껍데기를 배신하냐? 그런 것은 남남이 만났을 때나 하는 소리지.

8

무군은 중학교 입학시험에 한번 낙방해 나와 한 반 동

기로 2년을 지냈다. 중학교 2학년 2학기에 그는 당시 주변의 적지 않은 친구들이 그랬듯이 학교라는 곳을 영원히 때려치웠고, 나는 계속 진학하여 2년제 대학인 재정학원을 졸업했다. 나와 무군은 중학교 이후 6, 7년 만에 고향에서 다시 만났다. 같은 학교 친구로 2년을 지냈다고 하지만 나에게는 무군에 대한 기억이 많이 없어 그를 알아보는데 꽤 어려움을 겪었다.

그런 두 사람이 약 1년 반 뒤에 연인이 되어 함께 천진으로 떠나게 된 것이었다. 조금이라도 연줄을 가진 이라면 미련 없이 큰 도시로, 외국으로 떠나던 그맘때, 남산촌에 잠시 남은 청년들이 다섯밖에 없었다는 점을 빼고는 우리에게 다른 특별한 계기가 있었다고 할 수도 없었다. 만약 무군이 도시에서 겉멋이 든 다른 친구들 같았더라면, 성실함이나 배려심이나 단순 유쾌한 기질이 덜 뚜렷했다면 나는 그에게 끌리지 않았을지도 모른다. 그러나 사실 더 정직하게 얘기하자면 내가 무군을 거절할 수 없었던 이유는 그가 꺼내든 '취직' 카드였다고 할 것이다.

어느날 무군이 그랬다.

─우리 큰누나한테서 전화가 왔는데, 회사에서 일할 사람 찾는대. 둘 다 오라네.

무군은 내게 사귀어보자는 제안을 한 것이 아니라 우리가 이미 그러고 있었다는 듯이, 그에게 그런 결정을 내리게 한 이가 다름 아닌 나라는 듯이 확정된 어투로 말했다. 나는 그 말을 듣고 착잡해졌다. 쟤는 왜 이런 말을 내게 하는 거지? 이건 연인 사이에나 오갈 수 있는 말이 아닌가. 언제 내가 저와 이런 사이가 됐단 말인가.

무군은 나의 착잡한 얼굴을 급작스레 떠나게 된 놀라움 때문으로 이해했다. 그는 진짜 남자친구처럼 내 어깨를 두 손으로 다정히 안았다.

─나도 이렇게 빨리 소식이 올 줄 몰랐어. 정작 떠난다고 생각하니 마음이 좀 그렇긴 해. 넌 더하겠지?

어머니에게 사실을 털어놓기 전에 나는 몇날 밤을 생각했다. 무군이 싫은가? 그렇지는 않았다. 그렇다면 좋은가? 그것도 확실치 않았다. 무군과 같이 고향을 떠난다는 게 어떤 건지는 모르겠지만 일단 떠날 수 있다는 것은 좋았다. 분명 좋았다. 사은품이 마음에 들어 지갑을 열 수밖에 없는 사람들처럼. 어머니가 소원하는 사윗감이 어떤 것인지 대충 알고 있는 나는 그녀 앞에 서서 될수록 눈을 피했다.

— 엄마, 나 있잖아, 사귀는 사람 있어.

그리고 최대한 빨리 덧붙였다.

— 그래, 무군이야. 그리고 우리 이제 떠날 거야. 무군 큰누나가 둘 다 오라 그랬대!

한참 동안 아무 답이 들려오지 않아 나는 눈을 슬며시 들어보았다. 어머니의 얼굴에는 붉은빛, 푸른빛, 자줏빛, 흰빛이 어지럽게 섞여 있었다. 양 볼과 입술은 푸들푸들 떨리고 있었다. 조금 더 지나서 어머니는 말했다.

— 내 그럴 줄 알았다. 바보 같은 가시내! 싹수도 없는 백수들 틈에 끼어서 이틀이 멀다 하게 불고기나 먹으러 다니더니.

아버지는 궐련을 말아 말없이 마당에 앉아 뻑뻑 빨았다. 짓물러진 동백꽃잎처럼 붉은 저녁노을이 아버지 앞에서 가슴 짠하게 타올랐다. 아버지의 얼굴에서는 아무것도 읽어닐 수 없었다. 저녁노을이 다 지고 나서 아버지는 집으로 들어왔다.

　　─이젠 다 컸구나, 내 딸. 두부집 무씨네 아들이라……
내 딸 짝으로는 시원치 않다만 부지런하고 성실한 아이니
까, 그리 나쁜 선택도 아닐 게다.

　　아버지는 어머니의 아니꼬워하는 눈총을 못 본 척했다.
아버지는 말은 쿨하게 했지만 두 사람이 떠나기 전 명분
이나 세우자는 차원으로 베푼 약혼 잔칫상에서는 주사를
부릴 정도로 술을 많이 마셨다.

　　생각해보면 무엇에 홀린 것 같기도 한 만남이었다. 이
렇다 할 연줄이 없어 도시로 나가지 못한 내가 아버지가
친하게 지내던 의형님의 주선으로 읍내 직업학교 견습교
사로 출근하던 무렵이었다. 언젠가 나에게도 세상을 구경
할 수 있는 기회가 올 거라고 막연히 믿으며 나는 매일 빨
간 자전거를 타고 읍내로 출근했다. 젊은 시절의 아버지
가 막달의 임산부를 태우고 공사병원으로 달리던 그 희극
적인 길이었다.

　　퇴근길에 갑자기 자전거 사슬이 떨어졌고 나는 반시간

남짓 사슴과 씨름을 하다 요행으로 친절한 도시락 장수를 만났다. 흰 반팔 티에 청바지를 입은 젊고 후리후리한 남자였다. 그는 네모난 유리 상자에 '조선족 도시락'이라는 글자를 오려 붙인 자신의 삼륜차를 길가에 세워놓고 내가 쥔 것보다 좀더 단단한 나무꼬챙이를 주워왔다. 그가 익숙한 손놀림으로 사슬을 톱니 위에 올려놓고 자전거 뒷바퀴를 든 채 다른 손으로 페달을 돌리자 순식간에 원상복구가 되었다. 와! 낮게 탄성을 지르는 나를, 청년은 빨간 삼각 튜브 너머로 힐끗 건너보았다. 몇초 지나서 그는 다시 나를 똑바로 쳐다보았다.

— 어? 너구나, 맞지? 상아, 김상아!

무군은 나를 알아보았다는 작은 자부심에 즐거워하며 시물시물 웃었지만 나는 그럴 수 없었다. 어디선가 본 듯한 얼굴이었지만 이름은 전혀 기억나지 않았다. 무군은 나무꼬챙이를 길섶 풀 속으로 던져버리고 일어섰다.

— 왜, 기억이 안 나나보지? 뭐, 나 2학년 2학기에 학교 그만뒀으니까. 성적도 후졌고 특히 일본어도 못했지.

일본어 얘기 때문에 순간 나는 무군을 알아보았다.

── 맞아, 너구나. 그 왜, 오무우상? 무 뭐였더라?

나는 손으로 입을 가리고 쿡쿡 웃었다. 무군은 큰 손을 썩썩 비비고 나서 내게 자전거 핸들을 넘겨주었다.

── 무군이지. 이제 생각나니?

무군은 삼륜차, 나는 자전거에 올라앉아 능금같이 무르익은 석양을 향해 긴 그림자를 드리우며 남산촌으로 내려갔다. 같은 반 친구들을 하나씩 떠올리고 그 시절의 그들을 울고 웃게 만들었던 중요한 사건들을 추억했다. 신체적으로는 급속히 변화하는 호르몬의 영향을 주체할 수 없고, 환경적으로는 모든 마을 사람들의 삶의 방식, 가치관, 인생관이 빠르게 바뀌어가던 질풍노도의 시절이었다.

무군의 집에서는 더이상 두부를 만들지 않았다. 두부 대신 닭이나 돼지 치기에 도전한다고 들었지만 그 집이 그런 방법으로 치부를 했다는 풍문은 없었다. 많은 가정의 부부가 따로 떨어져서 연해 도시와 러시아, 한국, 일본, 캐나다, 미국 등지에서 외화를 벌었으며 그들의 자녀는 무군처럼 학교를 중퇴한 이가 많았다. 고향은 피폐해지고

논은 다른 이의 손에 경작되고 가정은 풍비박산해 식구들이 뿔뿔이 흩어져버렸다. 흔한 시나리오였다. 다행히 우리 집은 가정의 해체를 면했는데, 그것은 순전히 돈 좀 적게 벌더라도 부부가 같이 일자리를 구해야 한다는 어머니의 신조 덕분이었다. 어머니는 나와 금성에게 부모로서 그 점을 가장 자랑스러워했다.

연달아 특색농업에 실패한 아버지를 지켜보며 내가 열심히 수업을 듣고 있을 때, 무군은 뒷자리에 앉은 몇몇 불량한 친구들과 시시덕거리며 영양가 없는 농담이나 지껄이고 있었다. 어느 덜떨어진 친구의 충동질에 넘어간 모양, 당시 청년들이 하던 대로 앞머리를 높이 드라이한 채 교실에 들어왔을 때는 얼마나 꼴불견이었던지.

가장 웃겼던 것은 무군이 며칠을 빼먹었다가 다시 들어온 일본어 수업에서였다. 작심하고 무군을 지명한 애송이 여선생님이 교편으로 칠판 위의 단어들을 딱딱 두드리자, 도무지 그 단어들──가장 기본적인 가족 호칭을 읽어낼 수 없었던 불행한 무단결석생은 머뭇거리다가 결국 기어들어가는 목소리로 '오무우상(お母さん)' '오슝상(お兄さ

ㄣ)'이라고 읽었다. 일본어 한자 발음이 아니라 중국어 발음 그대로 읽은 것이다. 교실이 떠나가도록 아이들이 웃었고 선생님도 그제야 승리의 웃음을 지었다. 나는 가무잡잡한 무군의 얼굴을 힐끗 돌아보았다. 저렇게 생각 없고 자존심도 없으니 저 아이는 커서 뭐가 될까? 장가는 갈 수 있을까? 나는 속으로 머리를 쌀쌀 흔들었다.

무군에 관해서라면 한가지가 더 있었다. 어쩌면 무군 스스로는 잊어버린 장면일 수도 있었다. 꽁치라고 불리던 사회발전간사(정치) 선생님이 조직한 야외체험학습 시간이었는데 선생님은 키가 자신을 따라잡는 아이들을 데리고 소남산 정상에 올라갔다. 서늘한 바람을 맞으며 선생님은 아이들에게 장차의 꿈을 물었고 아이들은 갑자기 커진 덩치에 비해 쑥스러워하며 자신의 이상을 조심스레 꺼내 보였다. 어렸을 적부터 판에 박히게 들어왔을 의사, 군인, 선생님, 과학자 같은 직업들이 나왔고 요즘 추세에 맞춰서 만원호(연수입 1만 위안이 넘는 가구, 자산가), 사장, 기업가 등 돈과 관련된 명칭도 들먹여졌다. 성적이 괜찮은 몇몇 아이들은 북경대, 청화대, 상해교통대, 복단대 진학 같은 좀더 현재와 가까운 실질적인 소원을 이야기했다.

무군 차례가 왔을 때 그 아이는 머리를 수긋하며 감실감실한 얼굴을 붉혔다.

──그래, 무군 너는 장차 무엇이 되고 싶으냐?

꽁치의 물음에 무군은 어깨를 으쓱해 보였다.

──글쎄요, 저는 한번도 무엇이 되고 싶다는 생각을 해본 적이 없어서요. 저는 그냥 지금 이대로가 좋아요. 이후에도 굳이 어떤 사람이 되려고 노력하지는 않을 겁니다.

아이들은 무군의 발언에 우, 동요했다. 그러나 무군은 일부러 시시하게 보이려고 발언한 표정이 아니었다. 그 나름대로 진지한 부끄러움이 그의 얼굴에 비껴 있었다. 그토록 혼란한 시절, 흑백 분명하던 원리들의 자리가 바뀌고 모든 가치가 부풀려지고 뒤섞이면서 정체성이란 개념조차 불분명하던 시대, 그러니까 어쩌면 무군이야말로 선생님의 물음에 가장 본질적인 대답을 한 아이였을지도 모른다. 나는 그날의 무군을 약간 경이롭게 쳐다보았다.

남산촌에 가까워질 때쯤 나는 무군이 급작스레 도진 어

머니의 허리병 때문에 남방 도시의 직장을 그만두고 잠시 돌아왔다는 사실을 알았다. 어머니는 이제 거의 나으셨고 다시 직장을 찾아 떠나기 전까지 읍내의 가장 붐비는 시장통에서 무군이 직접 만든 수제 도시락을 팔고 있다는 사실도.

　　─근데 넌 누나들이 많지 않았어? 누나들은 뭐 하고 네가 돌아와 병수발을 한다니?

　　그 말에 무군은 사람 좋게 씨익 웃었다.

　　─응, 큰누나는 천진 회사에 있는데 일이 많아 휴가를 내기가 그래. 둘째 누나는 재작년에 일본으로 시집갔고 셋째 누나는 워낙에 공주라 이런 일 못해. 나야 뭐 대단한 일 하고 있는 것도 아니니 이런 때 돌아와서 시중 드는 게 마땅하지.

　　말이 쉽지 다 큰 사내애가 몸이 불편한 아버지를 대신해 어머니의 똥오줌 수발까지 든다는 것은 여간한 일이 아닐 것이었다. 무군 역시 한창 배우고 노력하고 꿈을 펼쳐야 할 나이가 아닌가. 나는 쯧쯧 속으로 혀를 찼다. 음, 그렇구나. 이 아이는 옛날이나 지금이나 똑같이 대책 없고 싹수없군.

9

무군과의 연애를 탐탁지 않아하던 어머니의 마음을 나는 이제 완벽히 이해한다. 그러나 어머니는 아마 지금도 어렵사리 부모의 허락을 얻어내고서 내가 방에 처박혀 서럽게 울던 이유는 모를 것이다. 나는 무군과의 관계를 허락받기까지 겪었던 가슴앓이가 서러웠던 것이 아니라 이제는 어머니마저 반대를 멈췄다는 것이, 그렇게 약혼이라는 고리타분한 카드에 무군과 엮이게 된 스스로의 운명이 야속하고 슬펐다.

소학교 선생님으로 발령받은 아가씨 하나, 사정은 다르지만 무군처럼 도시 생활을 하다가 잠깐 마을에 머물게 된 청년 둘, 그리고 나와 무군까지가 남산촌에 남은 '불고기 모임'의 고정 멤버였다. 그중 한 청년의 집이 부모들까지 도시로 일하러 나가고 없어서 우리는 자주 그 집에 모여 소불고기를 구워먹었다. 비전이나 꿈을 펼치는 것하고는 거리가 먼 촌동네 생활이었지만 그런 일상은 꽤 정겹고 안락하기도 했다.

어머니는 딸내미의 행각을 걱정스레 지켜보고 있었다. 옛날 같으면 진작 결혼하고 아이도 쑥쑥 낳았을 나이, 그 나름 품위 있게 키워온 딸내미가 그 촌동네의 불고기 멤버 중 한 녀석에게 덥석 인생을 저당 잡히게 될까 전전긍긍했다. 그녀의 우려대로 불고기를 자주 구워먹던 청춘 남녀들 사이에서는 모종의 긴장감이 감돌기 시작했다. 누가 먼저 어떻게일지 모를 뿐 모두 언젠가는 동네를 떠날 사람들이었다. 우리는 모두 그 사실을 알고 있었다. 무자비하고 일방적인 시간이 가져다주는 긴장감이 우리를 자극했는지도 모른다. 어쩌면 평생에 다시 만나기 어려울 사이가 될 수도 있었으므로, 곧 헤어지기 전에 서로 간에 다급한 전파를 보냈다.

겨울이 가고 이듬해 봄이 지나 여름이 왔을 때 우리는 야시장의 양고기 꼬치집 단골이 되어 있었는데 그곳에서 예상 밖의 반전을 맞게 되었다. 불고기 모임의 청년들이 모임의 아가씨들을 사이에 두고 하마터면 불량기 다분한 청년들과 손찌검을 벌일 뻔했다. 다행히 꼬치집 주인이 경찰을 부르겠다고 양쪽 모두에게 엄포를 놓아서 사태는 크게 번지지 않았다. 우리는 꼬치집 바깥으로 우르르 몰려나왔고 놀란 마음을 진정시킨 뒤 그중 한 친구가 아가씨들에게 말했다.

　─너희들 밤길에 혼자 집에 가는 거 너무 위험해. 우리 남자들이 한명씩 붙어서 데려다주자. 난……

　그러자 무군이 그의 말을 불쑥 가로챘다.

　─그래, 그게 좋겠어. 내가 상아를 데려다줄게.

　무군은 모두가 그 제안에 동의했다는 듯 단호하게 나서서 내 팔을 잡았고 자신의 자전거는 길옆에 자물쇠를 채워둔 채 내 자전거를 밀면서 집까지 데려다주었다. 밤길 내내 무군은 발밑의 돌덩이와 구덩이들을 일일이 가리켜주며 갑자기 내가 굉장히 소중한 존재라는 듯 굴었다. 당연히 그래야 한다는 듯이, 이제껏 그래온 것처럼 자연스럽게. 혹시 얘가 나를 좋아하나? 그런 의심이 들긴 했지만 무군의 일련의 행위가 수컷 특유의 경쟁심리인지 아니면 타고난 자상한 성품 때문인지 나는 확신이 서지 않았다. 그 다음번 모임부터 무군은 가장 먼저 구운 불고기를 내게 건넸고 그 뒤로 한번도 순서를 바꾸지 않았다.

다시 겨울이 되고 나는 점점 감시가 심해지는 어머니의 시선을 느끼며 계속 불고기 모임에 나갔는데, 어느날 무군이 우리 집 담장 곁에 자전거를 세워놓고 말했다.

─우리 큰누나한테서 전화가 왔는데, 회사에서 일할 사람 찾는대. 둘 다 오라네.

불행하게도 나는 그날 무군의 제안에 확실하게 거부 의사를 표시할 수 없었다. 무군이 단순히 우리 둘의 관계에 대해서만 얘기한 게 아니라 곧 고향을 떠날 수 있는 기회를 사은품처럼 덧붙여서 말했기 때문이었다. 무군의 전략일 수도 있었다. '상아'라는 보루를 100퍼센트 점령할 수 있는 가장 승산 있는 전략.

파르스름한 달빛이 곱게 갈린 조가비 가루처럼 지붕과 나무들과 무군의 머리카락 위에 내려앉았다. 누군가 하늘 높은 곳에서 적적함을 달래다 못해 나의 감정을 가지고 심한 장난을 친 것 같았다. 무군의 뒷모습이 담장 밖으로 사라지는 것을 확인하고 나는 발밤발밤 방으로 들어왔다. 이제 어머니가 이 사실을 알면 곧 분노하겠구나, 걱정하면서 나는 잠이 들었다.

어머니는 나를 원망했지만 오래도록 분을 내지는 않았다. 내 기억 속에 어머니의 반대 시위란 사나흘 정도 식사 준비 때 이외의 시간에 안방 구들에 꼼짝 않고 누워 있는 수준이었다. 수저를 받으려 내민 나의 손에 어머니는 때로 축축한 행주를 패대기치듯 던져주었다. 행주는 가마 뚜껑 위에 놓여 있던 것이라 물기를 짜지 않으면 손바닥이 놀랄 정도로 뜨거웠다. 내가 손을 움츠리며 행주를 떨어뜨려도 어머니는 못 본 척했다. 아침마다 부엌에서 자전거를 빼주고 목도리와 장갑과 신발을 챙겨주는 일은 아버지가 도맡았다. 어머니는 저녁마다 가마목 위에 나의 목도리와 장갑과 신발을 올려놓기는 했지만 내 출근시간에 맞춰 그것들을 꺼내놓지는 않았다. 밤새 큰 눈이 내려

길목이 두껍게 덮여버린 새벽, 어머니는 이른 아침 삽을 메고 우리 집 앞까지 와서 정갈하게 길을 내준 무군의 뒷모습을 보고 한숨을 쉬었다. 그날 아침 시래기를 넣어 끓인 된장국을 건네주며 어머니는 나에게, 어차피 혼자 가야 하는 인생, 나중에 후회나 하지 말아라,라고 했다. 나는 어머니가 그렇게 빨리 허락한 것을 믿기 어려웠다.

며칠 뒤 나는 도무지 예상치 못했고 받아들이고 싶지도 않은 사실을 통보받았다. 나와 무군의 관계를 허락한다는 것은 한달도 남지 않은 설을 쇠고 난 직후 둘을 함께 낯선 도시로 떠나보내야 한다는 조건도 포함한 것이어서, 어머니는 딸내미를 위해 무군네 부모에게 명분을 요구한 것이었다.

──아무리 개방시대라 하지만 나는 우리 상아, 명분도 없이 딸려 보낼 수는 없어요.

아버지는 '요즘 같은 세월에 누가 약혼식을 한다고. 애들이 아직 어려 나중에 어떻게 될지도 모르고⋯⋯'라는 말을 꺼냈다가 어머니한테 여지없이 까이고 말았다.

──누가 뭐래도 명분은 꼭 세워야지, 모두들 시대 핑계

대고 남녀 사이 안 따지는 것처럼 얘기하지만 정작 자기들이 며느리 들일 때면 그게 다 흠이 됩디다.

아버지는 너무도 결연하게 의사를 표하는 어머니를 보고 이번에는 절대로 그녀를 꺾을 수 없다는 것을 알았다.

무군네 부모님은 당연히 찬성이었다. 어머니는 우리가 천진으로 떠나기 닷새 전, 설 분위기가 어느 정도 가라앉았을 초이레를 잔칫날로 잡았다. 나는 그 소식을 듣고 방으로 들어와 이불 속에 쓰러져 울었다. 뜨거운 눈물과 콧물이 번갈아 입안으로 흘러들었다. 이제 나는 어떻게 되는 건가. 이렇게 어정쩡 무군과 엮이는 건가, 한평생? 상상조차 하기 힘든 일이었다. 나는 내가 마치 갖은 재주를 부리다가 스스로 판 함정에 빠진 우스꽝스러운 곰같이 느껴졌다. 남녀 사이에 관해 도시에서 들려오는 별의별 소문에 놀랄 겨를도 없어진 마을 분위기 속에서 어머니가 설마 그런 녹슨 카드를 꺼낼 줄은 상상도 하지 못했던 것이다. 기어이 누군가에게 당했다는 패배감. 혹시 이런 것을 운명이라 하던가.

10

유명한 상해탄과 동방명주는 저녁에 보기로 하고 금성은 우리를 먼저 성황묘로 안내했다. 우리 쪽 식구들과 금성의 처가 식구들 일부가 함께였다. 시간에 쫓기는 친척들은 먼저 떠나고 신부의 친정 부모님과 백숙 내외와 훈이 또래 아이를 데리고 온 언니 한분이 남았다. 오전 열시께가 넘어서 신혼부부가 우리 식구들이 있는 아파트로 돌아왔다. 아버지는 어머니가 따로 차려준 밥상에서 먼저 아침식사를 마쳤다.

신부는 피곤기 가득한 얼굴로 안방에 들어가서는 해가 중천을 넘을 때까지 쓰러져 잤다. 우리는 그녀가 일어나서 기운을 차릴 때까지 기다릴 수밖에 없었다. 그러나 사실 그 시간도 금성네 부부의 일정표 가운데 있었다. 금성은 아내가 휴식을 취하는 동안 식구들이 타고 움직일 봉고차에 연락하고 양산이나 물, 과일 같은 소소한 준비물들을 체크했다. 외숙모가 드디어 안방 문을 열고 나오는 것을 보고 훈이가 제일 좋아했다. 그녀는 깨끗이 세안을 하고 기초화장만 한 뒤 모자를 눌러쓰고 가방을 찾아 금성에게 건넸다. 금성이 여자 핸드백을 책가방 메듯이 난정히 둘러멘 모습은 좀 우습기도 했지만 두 사람이 손잡고 식구들 앞에서 나란히 걸으며 계속하여 뭔가를 상의하는 장면은 내 생각보다 더 친밀하게 느껴져서 기뻤다.

에어컨을 미리 틀어놓은 봉고차 안은 시원했다. 금성은 조수석에 앉아 잘 알고 지내는 듯한 기사와 한담을 나누었고 새색시는 남편 바로 뒤에 눈을 감고 앉았다. 금성의 처가 식구들은 창밖을 바라보며 쉼 없이 상해의 거리 풍경에 대해 이야기하기 시작했으며 어머니와 아버지는 훈이를 사이에 두고 시시콜콜 티격태격했다. 나는 창가 자리에 앉아 핸드폰을 꺼내 친구들의 모멘트(중국의 대표적 모바일 메신저 '위챗'의 기능)를 한번 둘러보았다. 엊저녁 올린 금성의 결혼사진 서너장 밑에 여러 사람들이 축하 문자를 남겼다. 신부가 예쁘다느니, 요즘 결혼식은 편하고 세련됐다느니, 다시 한번 결혼식을 하면 이번에는 여유 있게 잘할 것 같다느니 하는 즉흥적인 댓글이었다.

남편은 축하와는 어울리지 않는 이모티콘을 올렸다. 나와 공식 부부로 산 세월도 10년이 넘어가건만 분위기 파악 못하는 기질은 여전했다. 내가 상해로 떠나오기 전 그는 금성에게 미리 자신의 불참에 대해 양해를 구했고 어제는 신랑 신부 모두 정신없이 바쁠 것을 예상해 따로 축하 전화도 걸지 않았다. 그는 다시 로프를 타지는 않았지만 그 시절에 알아둔 '사장님'들을 통해 건설현장이나 청소대행 등의 일자리를 소개받았다. 사업에는 재능이 없고 그냥 역부로 쓰기에는 좀 아까운 성실한 사람이었다. 나는 그에게 오늘의 일정을 대충 적어 보냈다.

　─오늘 오후는 성황묘, 예원 갔다가 저녁에 동방명주랑 외탄 본대.

　─어.

　─내일은 금성이가 훈이 데리고 디즈니랜드 가겠다네.

　─어.

　─엄니 아부지 내일 푹 쉬라 하고, 우리 모레 다 같이 집으로 갈 거야.

　─알았어.

―자기, 거기도 많이 덥지? 요즘 일 힘들어?

―더워.

대화의 의지가 느껴지지 않는 남편의 문자 앞에서 나는 노력을 그만 멈췄다. 항상 이런 식이었다. 그래도 그는 우리가 '한 팀'이라는 사실을 망각하지는 않는 것 같았다. 경기가 어려우면 잠깐씩 알바를 해서라도 생활비를 보냈고 이번 금성의 결혼식에도 부좃돈을 넉넉히 통장으로 넣었다. 핸드폰을 잠그고 창밖을 내다보며 나는 느닷없이 어떤 상상을 해보았다. 무군이라면 어땠을까. 혹은 무군은 지금 아내에게 어떤 남편으로 살아갈까. 무군을 추억하기 전에는 한번도 해보지 않은 상상이었다.

일유소사(日有所思) 야유소몽(夜有所夢). 낮의 생각이 밤에 꿈으로 나타난다고, 간밤에 나는 또 자전거를 타고 달리는 젊은 남자의 등을 보았다. 여러 해를 두고 반복해서 꾸던 꿈이었다. 때로 나는 그 남자와 같이 자전거를 타고 가기도 하고, 길가에 서서 그가 내 곁으로 지나가는 것을 보기도 했다. 그는 항상 약간 누리끼리해진 흰 셔츠에 국

방색 바지를 입고 까만 영구표 자전거를 경쾌히 타고 있었다. 그의 얼굴은 언제나 보이지 않았다. 어젯밤도 마찬가지였다. 어젯밤 나는 그의 자전거 뒤 안장에 앉아 있었다. 그는 무척 즐거운 것 같기도 했고 몹시 흥분한 것 같기도 했다. 곧 뒤쪽에서 녹슨 지프차 한대가 무시무시한 속도로 우리를 쫓아오는 것이 보였고 나는 그가 아버지인지 남편인지 헷갈려하는 가운데 꿈에서 깼다.

금성네가 일어날 시간은 아직 멀었는데 하늘은 벌써 훤했다. 어머니는 배 위에 수건 한장만 덮고 잠든 훈이 곁에 앉아 성경을 읽고 있었다. 내가 일어나 아버지의 빈 이부자리를 가리키자 어머니는 창문 너머를 눈짓했다. 간장과 설탕 따위를 사러 아파트 아래 슈퍼에 들러 오다가 나는 화단 맞은편 광장에서 운동기구로 몸을 풀고 있는 아버지를 보았다. 젊은 시절보다 키가 많이 줄어 있었다. 나는 그 자리에 한참 멈춰서서 아버지가 운동을 마치기를 기다렸다. 처음으로 아버지가 늙어가고 있다고 느낀 것은 바로 그 기차 안에서였다.

아버지는 6소대 유일한 한족인 조씨네 삼륜차를 불러 나를 역까지 데려다주었다. 나와 아버지가 삐걱거리는 나무 대문을 열고 대합실로 들어오는 것을 보고 무군은 벌떡 일어나 손을 흔들었다. 아버지는 1원짜리 배웅표를 끊어 젊은이들을 따라 플랫폼까지 들어왔다. 무군이 먼저 기차에 올랐고 자리를 찾은 다음 창문을 들어올려 아버지 손에 들린 내 가방을 받아 침대칸 선반 위에 얹었다. 컵라면이며 해바라기씨, 귤과 김치 같은 먹거리는 자리 표시 겸 창가의 간이탁자 위에 모아놓았다. 무군이 짐들을 여기저기 배치하는 동안 아버지는 창밖에 우두커니 서서 그가 바삐 설치는 모습을 지켜보았다. 나는 아버지에게 그만 들어가라고 손짓해 보였다. 고등학생 아들의 파카를 걸친 아버지는 벌써 코끝과 귓바퀴가 발갛게 얼어 있었다. 기차가 붕― 기적을 울릴 때까지 아버지는 고집스레 자리를 지켰다. 기차가 서서히 움직이고서야 아버지도 엉거주춤 발걸음을 뗐다. 그때 나는 난생처음 기차 바깥에 서 있는 아버지가 왜소하게 느껴졌다.

운동을 마친 아버지와 나란히 걸어가면서 나는 그 점을 분명히 알게 되었다. 노란 외벽의 작은 역사, 기차의 기적 소리, 댕댕댕 울리던 종소리와 난간 뒤에 자전거를 끌고 선 많은 사람들, 금세 지나간 도시, 눈 덮인 들판과 마을 어르신들이 직접 팠다는 인공수로…… 모든 익숙한 것들이 전부 사라지고서야 홀연히 내가 한번도 그것들을 떠나고 싶어하지 않았다는 것을. 그러나 그것을 깨달았다 하더라도 여전히 과거는 과거의 시제 속에 격리되어 있음을.

　무군과 함께 붐비는 사람들 틈에 섞여 기차역 출구를 빠져나온 상아가 보인다. 상아는 돌아서서 사람들의 머리 위로 높이 솟은 '천진역'이란 글자를 올려다본다. 로켓 모양의 짧은 원기둥 사면으로 까만색 시계가 붙어 있는 조형물이었다. 마중을 나온 무군의 큰누나는 두 사람을 이끌고 천진역 광장에 있는 영안백화점 안으로 질러간다. 낮은 천장, 우아하고 여성스러운 정장을 입은 마네킹들, 은은한 음악이 흐르는 편안한 분위기…… 무군의 누나를 따라 영안백화점 뒷문을 빠져나올 때 나는 내가 그곳을 생각보다 쉽게 사랑할 것 같다는 예감이 들었다.

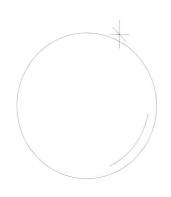

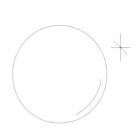

제 2 부

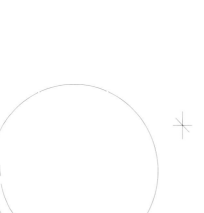

1

　천진의 남쪽 하서구, 흑우성도를 지난 해방남로. 동편의 넓은 황무지에는 갓 일떠서기 시작한 명품 아파트 단지들이 숨어 있었고 서편에는 천진에서 가장 큰 건축자재시장에 속하는 환발해 인테리어시장이 자리 잡고 있었는데, 그 시장이 바로 나와 무군의 천진에서의 첫 일터였다. 그것은 내가 미처 예견하지 못한 부분이었다. 일이 그렇게 될 줄 전혀 생각지 못했던 것은 무군 역시 마찬가지였다. 무군의 큰누나가 한국 대기업의 하청의 하청 격인 독자(獨資) 전자회사에서 부공장장으로 열심히 일하던 중이어서 우리는 당연히 그리로 취직해 들어가는 줄 알았던 것이다. 전자회사의 구사장이 무군의 큰누나에게 '고향에 일 시킬 만한 똘똘한 애'가 있는지 물었다고 했다.

큰누나는 곧 구직 중인 무군을 떠올렸다. 무군과 통화하는 중에 그에게 지금 사귀고 있는 여자친구가 있으며 그녀와 함께 떠나기를 원한다는 의중을 알고서는 약간 난감했는데, 다행히 사장이 무군의 상황을 듣고서 '뭐? 여자친구가 있다고?' 하며 관심을 보여주었다.

— 잘됐네, 어차피 여직원 한 사람 더 필요했는데. 둘 다 오라고 그래.

그것이 나와 무군이 함께 오게 된 배경이었다.

환발해시장 안에는 구사장이 세를 얻은 천장 타일 가게가 하나 있었다. 가게에 들르는 손님들은 자국산보다 훨씬 좋은 질의 PVC 타일과 고강도 섀시를 아낌없이 칭찬하면서도 지갑을 열지는 않았다. 아주 비좁은 욕실을 채울 수 있는 천장 타일 네장 가격이 무려 나의 한달 봉급과 맞먹었다. 나는 그 가게에 출근하는 동안 물건을 도합 두

번 팔아보았다. 여섯달 뒤 가게는 문을 닫았고 나와 무군
은 그때서야 본격적으로 구사장의 공장으로 들어가 일을
하게 되었다.

가게에서 셋집까지는 자전거로 15분 남짓한 거리였다.
도시 전체가 남쪽으로 몸을 키우고 있던 때라 황량한 벌
판이던 쓰레기 수거장 주변으로 값비싼 아파트 단지들이
우후의 죽순마냥 하루가 다르게 들어서고 있었다. 날마다
건축자재시장에서 최고급 인테리어 상품과 가구들을 상
대하고 나서 퇴근할 때에는 가장 화려한 아파트 단지를
지나, 쓰레기 수거촌 사람들의 움막을 저만치 바라보며
허줄한 2층짜리 셋집 건물로 올라가는 것이 나와 무군의
일상이었다. 천진이라는 도시의 가장 문명한 모습과 제일
낙후한 생태를 동시에 살던 시간이었다.

퇴근길에는 호화로운 자가용이 아니라 쓰레기 리어카
와 더 자주 마주쳤다. 작은 산처럼 높고 둥글게 쌓아올린
박스 무지 위에 젖먹이 아이를 안고 올라앉은 아낙네, 오
르막이 힘에 겨워 도저히 혼자 끌 수 없을 때는 아낙에게
내려오라는 손짓을 해 보이는 과묵한 사내들. 나는 무군

의 자전거 뒷자리에 앉아 가면서 그들이 손수 만든 형형색색의 움막들을 구경했다. 낡은 벽돌이나 기왓장으로 지그재그 쌓거나 두꺼운 비닐을 둘러 만든 그들의 '집' 마당에는 요리를 하기 위한 간이 부엌과 무더운 여름밤에 사용할 접이식 침대 같은 살림살이들이 두루 있었다. 땟국물이 자르르 흐르는 크고 작은 아이들은 자기네 집 마당 주위에서 쓰레기 장난감이나 고장난 냄비 박스 같은 것들을 가지고 놀았다. 그들은 1년 내내 박스와 쓰레기를 모아 판 돈을 다발로 묶어서 잘 간직했다가 설이면 기차를 타고 고향에 내려갔다.

나와 무군이 살던 낡은 건물은 이미 파산한 근처 국영 공장의 기숙사라고 했는데 명품 주거단지와 쓰레기 수거촌 사이에 중뿔나게 끼어 있었다. 밖으로 난 계단을 따라 올라가면 여러 집의 베란다를 몽땅 이어놓은 긴 복도가 나타났다. 워낙에 용도가 기숙사라 방마다 고작 15~20평에 불과했지만 어떤 방에서는 두 세대, 많게는 세 세대의 식솔들이 함께 살고 있었다. 그 작은 방에 어떻게 침대와 옷장과 식탁과 또다른 여러 가구들을 들여놓았는지, 할머니는 어디서 자고 애들은 어디서 숙제를 하는지 도무지 상상할 수가 없었다. 우리 이웃에 사는 발음 어눌한 손주아이는 여름 내내 복도에다 1인용 접이식 침대를 펴고 거기서 잠을 잤다. 나와 무군이 가끔 복도에 나와 숯불석쇠에 고기를 구워먹을 때마다 그 아이는 신기하게 구경했다.

　─ 이건 뭐예요? 당신들은 어디 사람인데요?

　우리는 부자 아파트 단지가 천진 사람들의 것이라 생각했지만 그 집 식구들은 그렇게 생각하지 않았다.

　─ 대부분이 외지 사람들 것이라우. 본지 사람들이야 언제 갑자기 횡재해서 저런 아파트를 살 수 있겠소?

　1998년 천진에서 처음으로 무군과 동거 생활을 시작한 아파트, 그곳의 여름은 살인적으로 더웠다. 아침부터 저녁까지 폭염이 계속되었고 그런 날씨는 아무리 더워도 새벽녘에 가서는 으슬으슬 한기를 느끼던 고향과는 매우 달랐다. 동북에서만 생활해온 나는 셋집에서도 바깥에서도 가게 안에서도 도를 넘는 더위에 정신줄을 차리기 힘들었다. 꽁꽁 얼려서 가게로 가져간 물은 두시간 만에 뜨듯미

지근해졌고 삐걱거리는 선풍기에서는 후덥지근한 바람이 불어왔다. 가장 싸게 갈증을 해소할 수 있는 것은 어린아이 머리통만큼 작은 수박이었는데 무군과 나는 매일 그 1원짜리 수박 하나씩을 사서 냉동실에 얼려두었다가 잠들기 전 냉수로 몸을 씻고 그것을 파먹었다. 그 더운 날에도, 열린 창 아래 마당에 모여 미지근한 맥주를 마시며 잡담하는 사내들의 목소리가 배경음악처럼 들리는 속에서 우리는 밤일을 치렀다. 아침이면 죄인처럼 머리를 수그린 채 문이 반쯤 열려 있는 이웃집들을 총총 지나치면서.

인민광장이나 박물관은 들를 시간이 애매했고 일행은 곧장 성황묘로 이동했다. 삼국시대에 세워졌고 명나라 때 이 이름으로 재건되었다는 성황묘는 장강 3대 사당 중의 하나이자 상해에서 손꼽히는 명소였다. 황포구 번화가 골목 속에 감춰져 있어 초행길에는 찾기조차 쉽지 않았지만 사계절을 막론하고 국내외 여행객들로 미어터지는 곳이었다. 4, 5층 높이로 높고 빼곡한 고풍의 건물들, 탁탑(托塔) 리천왕(李天王)의 어깨갑옷처럼 하늘로 가파롭게 솟아오른 추녀, 그 아래를 지나쳐 들어가노라면 곧 의문(義門)을 만날 수 있었다. 그곳에는 "세상일 무엇 하러 따지리오, 하늘에서 이미 계산이 되었거늘(世事何須多計較 神界自有大乘除)"이라는 주련이 붙어 있었고 그 뒤에는 신계의 계산법을 연상케 하는 커다란 주판이 걸려 있었다.

한나라 대장군 적광(翟光)을 모신 대전, 재운을 가져온다는 신을 모신 재신전 등을 거치면 맨 안쪽에 상해의 성황신 진유백(秦裕伯)을 모신 성황전이 나타났다. 붉은 얼굴에 검은 사모를 쓴 성황의 얼굴은 안온한 표정에 어딘가 낯익은 모습이었다. 원목 조각상이 아니라 살아 있는 신이었더라면 그는 이토록 많은 여행객들이 태우는 향불을 어떻게 생각했을까. 누구나 바라는 것이 없을 수 없었고, 소원이 크고 많고 강렬할수록 태우는 향불의 연기도 굵고 짙었다. 이곳 성황신이 영험하다는 소문을 믿어서인지 사람들은 전쟁 중의 구호품을 쟁탈하기라도 하듯 앞다투어 몰려가 향을 한아름씩 샀다.

우리 일행은 향을 태우지 않고 대충 구경만 하다 물러나왔다. 사실 오늘날 성황묘가 아직도 그처럼 사람들의 발길을 사로잡는 데는 부근 각양각색의 먹거리들이 단단히 한몫했다. 우리는 곧바로 예원으로 향했다. 성황묘와 잇닿은 유람지 예원은 명조 가경(嘉慶) 연간의 개인 화원으로 중국 전통 원림의 대표작이었다. 과연 강남의 특색이 농후했고, 오목조목 아름답고 정교한 정자와 누각과 연못에 여러 용도의 건물과 조경물, 조상 들이 구석구석 많이 있는 정취 넘치는 곳이었다.

예원의 대표 건물이라 할 수 있는 영산당, 높이 솟은 그 건물 주위에는 당시 이름난 가산 조각가가 설계했다는 황석 가산이 둘려 있었고, 그곳을 돌아 뒤편으로 가다보면 흙으로 머리를 빚고 기와로 비늘을 만든 용 모양의 담장이 나왔으며, 인옥이라는 둥근 문을 지나면 곧 예원의 보물 1호 옥영롱이 나왔다. 온몸이 스펀지처럼 구멍이 숭숭 뚫려 있는 기이한 형태의 그 태호석은 송나라 휘종이 수도에 건설한 자신의 화원에 쓰려고 강남에서 모았다가 미처 가져가지 못한 것이라 전해진다.

복건성 서양 물건 상인들이 구심점이 된 소도회의 사무를 본 곳으로 유명세를 탄 점춘당, 그 맞은편에 있는 춤추는 봉황을 닮은 화려한 추녀의 대창대, 고요한 호수 위에 100미터 남짓 길이로 건설된 수랑, 가산과 휘늘어진 버드나무에 가려진 운치 있는 삼곡교 정자…… 갖가지 식물들의 싱그러운 향과 맑은 공기와 속세와 떨어진 듯 아늑한 예원의 분위기는 이곳 상해라는 복잡한 국제도시 속에서 실로 소중하게 느껴졌다. 셀카봉을 들고 다니는 젊은 연인들과 손주의 겉옷을 안고 젊은이들의 뒤를 따라가는 할머니, 유모차를 밀고 다니는 부부의 모습도 많이 보였다. 우리 일행은 붐비는 여행객들 속에서 천천히 이동했다. 금성의 처가 식구들은 무릇 이름자가 적혀 있는 구경거리라면 전부 배경으로 사진에 남기고 싶어했다. 시끌벅적한 것을 무척이나 좋아하는 집안이었다.

벤치에 앉아 금성이 사온 예원 특색의 딤섬을 먹으며 나는 시간을 확인했다. 성황묘를 보면서부터 여러번 확인해온 시간이었다. 금성 부부와 사돈 식구들에게 양해를 구하고 훈이를 부모님께 맡긴 뒤 나는 혼자 지도 앱을 따라 예원을 나와 가까운 지하철역으로 갔다. 삐삐 문이 열릴 때마다 지하철은 많은 사람들을 꾸역꾸역 토해냈다.

정장을 입고 가방을 멘 젊은 직장인들이 총총히 계단을 오르내렸다. 거개가 전국 각지에서 상해로 취직 온 청년들일 것이었다. 많은 대졸자들이 이 도시의 10여평 남짓한 방에서 합숙으로 직장 생활을 시작한다고 들었다. 정숙은 지금 어떤 곳에서 살고 있을까. 드디어 이제 그녀를 만나는가. 만나면 무슨 말을 어떻게 해야 할까. 마음이 착잡해졌다.

2

기차에서 내려 무군의 누나와 함께 회사로 들어가 점심밥을 먹은 다음에야 나는 우리의 근무지가 그곳이 아니라는 것을 알게 되었다.

역에서 서북 방향으로 30분가량 달려 도착한 회사는 작은 마당과 창고와 사무실, 식당이 딸려 있는 사오백평대의 낡은 단층 건물이었다. 오륙십명의 직원들이 수작업을 하는 그곳은 전형적인 원재료 가공 회사로서 모든 재료를 한국으로부터 수입하고, 작업을 마친 완제품을 다시 한국으로 수출하는 중소 전자부품 회사였다. 금 간 시멘트 바닥에 검은 먼지 내려앉은 회벽, 낡은 나무 책상을 여럿 붙여 그 위에 널빤지를 놓고 작업대를 삼은 현장. 나와 무군이 지나가는 동안 삼삼오오 모여 있던 여직원들은 천진 억양의 수다를 잠시 멈추고 호기심 어린 눈길로 우리를 바라봤다. 대단한 회사가 아니었지만 직원들의 작업복과 자잘한 부품들이 놓인 선반과 초록색 페인트칠을 한 바닥마저 내게는 멋져 보였다. 나는 입속으로 아직 나에게는 좀 생경한 '회사'라는 낱말을 굴려보았다.

그날 나는 정숙을 보지 못했다. 새 직원들이 왔다는 소식을 들은 구사장이 식당에 나와서 우리와 같이 식사를 했다. 구사장은 무군의 누나와 이번 주문의 납기에 대해 상의했다. 어떤 대목에서 누나는 분명한 의견을 냈지만 다른 대목에선 공장장이나 미스 신에게 우선 확인해야겠다고 답을 했다. 자연스러우면서도 간단명료한 대화였다. '홍두문건'(紅頭文件, 중앙 당정 지도부에서 하달하는 문건)으로 시작하여 과장된 결의로 마치는 천편일률적인 사업 단위 공무원들의 회의와는 많이 다른 분위기였다. 나는 그들의 대화방식에서 모종의 설렘과 흥분을 느꼈다.

구사장은 방금 도착한 새 직원들을 보고 비교적 만족스러워했다. 그는 밥술을 놓고 자신의 007가방에서 이쑤시개를 꺼내 한 손으로 입을 가렸다.

──똘똘하게들 생겼네. 혜란이 동생다워.

구사장은 무군과 나의 학력에 관해서는 형식적으로 두어마디 물었을 뿐이었다. 그가 알고 싶어한 것은 우리의 한국어 소통 능력이었다. 일단 말이 통해야 일을 시킬지 말지 결정할 수 있기 때문이었다.

──음, 그래, 어딘가 북한식인 것 같지만 이만하면 우리 말은 통할 것 같고. 중국어는 어떤가? 일상 대화는 가능하겠지?

그 나름대로의 채용 요건을 만족시켰다고 판단했는지 구사장은 바로 회사 운전기사인 양씨를 불러 우리를 미리 잡아놓은 숙소로 데려가도록 지시했다.

──오늘 먼저 가서 짐 정리 좀 하고, 일은 내일 아침 내

가 가서 보자고.

구사장은 나와 무군의 근무지가 오늘부터 머물게 될 숙소 부근의 가게라고 했다. 회사가 아니고 가게라. 무슨 가게인지, 거기서 우리 역할이 무엇인지 궁금했지만 나는 묻지 못했다. 구사장이 오후 일정이 급한 듯 누나에게 간략한 지시를 내리고는 서둘러 식당을 나가버렸기 때문이었다. 누나는 양기사를 데리고 회사 창고를 뒤져 물건들을 챙기기 시작했다.

조립식 철제 침대 하나, 그 위에 펼 매트리스와 이불, 작은 가스레인지와 무쇠 냄비 각 하나, 그릇들과 수저 몇 벌…… 양기사가 무군을 도와 올망졸망 보따리들을 봉고차 안으로 날랐다. 누나는 무군에게 열쇠를 넘겨주었다.

— 양기사가 알아서 찾아갈 거야. 오후에 정리 좀 하고 필요한 거 있으면 주위 시장도 둘러보고. 내일 아침 양기사가 사장님이랑 같이 갈 거야.

양기사는 졸음에 곯아떨어진 나와 내 머리를 어깨로 받쳐주고 있는 무군을 싣고 1시간 40분가량을 달려 천진 남쪽 변두리, 쓰레기 수거장 부근의 외딴 2층 건물에 도착했다.

　나는 잠에서 깨어 무군과 함께 짐들을 기다란 복도로 나르면서도 그날부터 무군과 단둘이 한 집에서 지내야 한다는 사실을 감감 깨닫지 못했다. 나는 숙소라는 구사장의 말에서 대학교 기숙사 같은 방을 연상했고, 회사에서 잡은 숙소라니까, 남녀가 유별하니까 당연히 남녀 방이 따로 있는 줄 착각하고 있었다. 그러나 나와 무군이 연인 사이라는 것을 안 마당에 구사장의 입장에선 굳이 두배의 지출을 할 이유가 없었다. 나는 무군이 누나에게서 받은 하나의 열쇠를 가지고 셋집 문에 잠긴 자물쇠를 여는 순간 그 현실을 깨달았다. 방은 칸막이조차 설치되지 않은 작은 원룸이었다. 주방도 따로 없었고 화장실만 한구석에 좁고 어둡고 눅눅한 벽으로 가려져 있었다. 나는 그제야 누나가 침대를 챙겨준 까닭을 이해하게 되었다. 가스레인지도 그릇도 냄비도.

　양기사의 봉고차가 떠나간 다음 나는 그의 차에서 내린 짐들과 함께 방에 서 있었다.

횅뎅그렁한 방이었다. 빗물에 삭은 나무 창틀, 누런 기름때가 두껍게 앉은 벽, 거친 시멘트 마감의 바닥. 방 안에는 아무것도, 정말 아무것도 없었다. 침대도 옷장도 책상도 식탁도 싱크대도. 나중에 안 것이지만 그 시절 천진에는 그런 조건의 셋집들이 흔했다. 어정쩡 서 있는 내가 안쓰러웠던지 어느새 무군이 팔을 걷어붙이고 회사에서 가져온 침대부터 조립하기 시작했다. 매트리스와 이불을 가져와서 천만다행이었다. 약간 눅눅하긴 했어도 이불을 펴놓으니 사람 사는 집 같은 느낌이 희미하게나마 풍겨났다. 무군은 주방에서 쓸 물건과 방에서 쓸 물건을 분류하고 집에서 가져온 짐들은 일단 침대 머리맡과 밑에 두었다. 나는 전에 살던 사람이 두고 갔을 빗자루와 걸레를 찾아내 초벌 청소를 끝냈다. 먼지가 뽀얀 창틀도 깨끗이 닦았다. 당장에 써야 하는 생필품이 한두가지가 아니어서 무군은 봄옷으로 갈아입은 나를 데리고 바깥으로 나왔다.

우리는 무작정 쓰레기 수거장과 반대 방향으로 걸었다. 간혹 자전거를 타고 지나가는 사람이 보이면 무군이 달려가서 길을 물었다. 해방로 근처까지 와서야 시가지가 번화해졌다. 우리는 장터를 찾아 이것저것 한집 가득 물건들을 샀다. 휴지, 쌀, 작은 전기밥솥, 양은냄비, 각종 양념, 슬리퍼와 양칫물컵, 얇은 이불, 베개…… 다리 밑에는 각종 야채와 수산물과 돼지고기를 파는 길거리 난전도 있었다.

나는 그곳에서 얇은 전병에 싼 튀김빵을 샀다. 무군은 전병에 바른 양념장에서 낯선 냄새가 난다고 도리머리를 흔들었다. 그는 자신의 저녁거리로 돼지고기와 샐러리로 속을 채운 물만두를 샀다. 고향 읍내의 식당에서 자주 먹던 만두소였다. 무군이 무거운 것들을 도맡아 들고 걸었다. 숙소로 돌아오는 길 서쪽 지평선에서는 천진에서의 첫 하루 해가 노랗게 지고 있었다. 씨근거리며 방으로 올라와 짐을 얼추 정리하고 나니 어둠은 본격적으로 외로운 건물을 덮고 있었다. 동그란 전구에서 흘러나오는 불빛은 그다지 밝지 않았다. 나는 겉옷을 벗고 침대에 앉아 뻐근해진 팔목을 주물렀다. 긴팔 티 바람으로 설쳐대던 무군도 쭈뼛거리다가 내 곁에 앉았다.

기분이 이상해진 건 그때부터였다. 둘 사이에 스킨십이 전혀 없었던 것은 아니지만 단둘이 한 방에, 한 침대 위에 앉은 느낌은 생경했다. 무군이 너무 가까이 앉은 것 같아서 나는 어딘가 위압감을 느꼈다. 저리로 가, 떨어져 앉아, 하고 내가 무군을 살짝 밀쳤다. 무군은 약간 부자연스럽게, 애써 노력하는 듯이 웃어 보였다.

　─왜? 그럼 나 어디 앉으라고? 침대가 도무지 요만한데.

　그는 오뚝이처럼 일어나 다시 내 곁으로 붙어 앉았다. 좀더 가까이.

　─너 혹시 이상한 생각 하는 거 아니지? 그럼 내일 침대 하나 더 사든가.

　나는 고슴도치처럼 몸을 사리고 경계하는 눈빛으로 무군을 보았다. 무군은 억울하다는 표정이었다. 이미 허락받은, 합법적인 권리의 행사를 방해받은 듯한 얼굴이었다. 아니, 상아야, 왜 그래? 그런 무군의 태도에 나는 더 화가 났다. 왜라니? 몰라서 왜야? 얘는 어쩜 이렇게 표 나지 않게 잘 밀어붙이는 걸까. 왠지 모든 것이 암암리에 무군의 뜻대로 움직여지고 있다는 생각에 나는 불쾌했다. 내가 원하지 않는 이상 이건 아니지. 난 준비도 안 됐고 생각조차 해보지 않았는데. 그날 저녁 나는 옷을 껴입은 채로 침대 한편을 차지하고 잤다. 무군도 옷을 다 벗지 못하고 엉거주춤 침대의 다른 한쪽에서 내 등을 마주하고 잤다. 이튿날 아침 일찍 일어난 무군은 부스스한 얼굴에 입이 한 발 나와 있었다. 내가 장난삼아 안아주어도 무뚝뚝하게 밀쳐냈다. 무군이 쌀을 씻어 흰죽을 끓였다. 그는 침대 위에 박스를 펴고 죽그릇과 짠지와 만두를 놓아두면서도 나를 쳐다보지 않았다. 아이같이 삐진 무군의 모습은 처음이었다. 나는 그가 우습기도 하고 귀엽기도 하고, 괜히 미안한 마음이었다.

아침식사가 끝날 때쯤 약속대로 구사장이 양기사의 차를 타고 숙소로 와서 나와 무군을 데리고 가게로 갔다. 소박한 인테리어를 마치고 샘플만 들어와 있는 가게였다. 구사장에게서 간단한 교육을 받은 후 나와 무군은 그날로 점원 생활에 들어갔다. 매일 아침 시간 맞춰 나와서 문을 열고, 바닥과 샘플과 탁자를 쓸고 닦고, 손님이 오면 한국어로 된 홍보지를 참고해 나름대로 정리한 멘트를 해주었다. 적적할 때는 인테리어시장을 한바퀴씩 돌기도 하고, 바깥에서 사거나 집에서 만들어온 점심을 먹고, 석회가루를 파는 옆가게 할아버지와 잡담을 하고, 시간이 되면 퇴근하는 일이 반복되는 나날이었다.

무군은 시장을 돌면서 가게에서 샘플로 쓰다가 교체되었거나 운송 중에 파손되어 버려진 대리석, 타일, 고밀도 패널, 졸대와 각종 각재목, 장판지 같은 것들을 주워왔다. 매일 저녁 무군은 그것들을 뚝딱거리며 뭔가를 만들었다. 각재목과 패널로 찬장 겸 싱크대를 만든 다음 그 위에 대리석을 깔고 가스레인지와 전기밥솥을 올렸다. 그리고 다리 밑 시장에서 헐값으로 산 자투리 천을 기역자로 천장에서부터 드리워놓으니 제법 주방다워 보였다. 식탁도 작은 탁자도 사물함도 모두 무군이 만들었다. 어느날엔가는 시트지를 얻어와서 녹슨 침대 다리에 칭칭 감아 허술하게나마 분위기를 냈다.

그런 일들이 끝나자 무군은 또 시장통을 며칠씩 쏘다니며 중고제품 가게를 찾아서는 자전거와 작은 티비와 선풍기와 냉장고 같은 것들을 차차로 사들였다. 굉장한 살림꾼이었다. 이웃들은 우리를 신혼부부라 생각했고 나 자신도 신혼살림을 하는 것 같은 착각이 들 때가 많았다. 재미가 제법 쏠쏠한 소꿉놀이였다. 밥을 짓고 막김치를 버무리고 빨랫감을 짜는, 그 모든 일을 무군은 나와 함께했다. 실은 무군에게서 내가 배우는 식이었지만. 객지 생활 초년생인 나에게 무군은 생활의 달인, 만능 살림꾼에다가 24시간 도움을 요청해도 유효한 서비스 직원이었다.

한편 저녁마다 실랑이는 계속되었다. 젊은 청년 무군에게는 나와 한 침대에서 보내는 밤이 고역이 아닐 수 없었을 것이다. 손만 잡고 자자는 무군의 제안을 나는 며칠 동안 거절했다. 그럼 한번만 안아보고 자자. 그 요구도 거절되면 무군은 좌절했다.

—나 더이상 못 참을 수도 있어. 왜 안 된다는 거야? 우린 약혼도 했잖아. 너 나 싫어해?

그쯤 되어서는 나도 거절하기가 힘들었다. 집에서도 무군, 가게에서도 무군, 무군 외에는 아는 사람도 대화할 사람도 별로 없는 외로운 객지 생활의 초입. 그런 상황에서 친절하고 편하고 싫기 않은 젊은 혈기의 약혼자를 매일 밤 거절한다는 것은 거의 비현실적이었다. 장난처럼 시작되는 몸싸움은 날로 리얼해졌고 무군은 조금씩 자신의 연인을 점령해나갔다. 어느 순간 나는 더이상 버틸 힘이 없다는 것을 깨달았다. 이미 나는 무군에게서 자신을 지킬 필요성과 의지를 잃어버리고 있었다. 그런 나날 중의 어느 밤 드디어 나는 자연스러운 수순처럼 무군을 맞아들였다. 셋집에 들어오던 첫날 보였던 결연한 의지는 이날을 위한 한낱 앙큼한 위장에 불과했다는 듯이.

부끄러움과 서투름, 아픔과 흥분에 이어 한번도 경험해보지 못한 두렵고도 낯선 즐거움의 세계가 왔고 그 모든 것과 함께 내 영혼에는 아주 작은 수치심, 죄의식 같은 것이 심어졌다. 어느 정도 시일이 지나자 나는 좀더 여유롭게 사랑을 할 수 있었지만 내 영혼은 바이러스가 침투한 컴퓨터처럼 고집스럽게 한가지만을 되뇔 뿐이었다.

─아니야, 난 즐겁지 않아. 이건 그냥 행위일 뿐이고, 무군이랑 같이한 다른 것들 모두 사실 진정한 사랑이 아닐 수도 있어. 왜? 처음부터 내가 원하던 상황이 아니었으니까.

그 바보 같은 생각은 교활하고도 나쁜 군주처럼 내 마음을 오래도록 주물럭댔다. 천진을 떠나고 남편을 만나 다시 밀접한 육체관계를 가질 때까지.

나는 어머니에게 무군과의 동거 사실을 알리지 않았다. 가끔 구사장이 가게로 점검을 나왔다가 한껏 피기 시작한 내 얼굴을 흥미로운 눈빛으로 한참씩 쳐다보곤 했다. 그래, 둘이 잘 지내고 있는 중이지? 나는 구사장의 야릇한 미소가 싫어 붉어진 얼굴을 외로 수그렸다. 그러나 단순 쾌활한 무군은 항상 씨익 해맑게 웃으며 대답했다.

── 그럼요, 사장님. 전 아주 좋아요. 상아랑 잘 지내고 있답니다.

3

덜거덕덜거덕 지하철은 굉음을 내며 땅속을 달렸다. 무심하고 피곤한 표정의 사람들이 각자의 핸드폰에 시선을 몰입하고 있었다. 새로운 역에 도착할 때마다 승하차객들은 말없이 우르르 자리를 바꿨다. 까만 유리창에는 홀로 바깥을 마주하고 선 나의 실루엣이 두세겹 겹쳐 있었다. 정숙과의 물리적 거리가 가까워올수록 가슴이 묘하게 떨리는 것이 느껴졌다. 그녀는 많이 변했을까. 지금은 어떻게 살고 있을까. 나와 헤어진 뒤의 그녀의 삶이 상상되지 않았다. 어떤 인생도 가능할 수 있었다. 다만 나는 그녀에게 내가 아는 정숙의 일부분이 남아 있기를 소망할 따름이었다. 그것마저 없다면 내가 그녀를 만나야 하는 최소한의 의미까지 사라질 것이었다.

　나는 지하철 안에서 젊은 시절의 그녀를 생각하고 있었다. 그녀가 입고 있던 초록색 제복, 하나로 낮게 묶은 말총머리와 까만 안경테, 안경 때문에 가려진 예쁜 쌍겹눈과 늘 짓고 있던 부드러운 미소. 그녀를 만나기 위해 가로지르던 회사의 긴 작업장과 사시장철 그녀가 앉아 있던 작은 사무책상도 기억났다. 그 책상 위에는 항상 자잘한 샘플이 가득 담긴 파란 플라스틱 바구니들이 쟁여져 있었다. 내가 환발해시장에서 덕광전자로 들어가 그녀, 안정숙과 만났을 때 그녀는 스물다섯살의 소박한 창고 자재 관리원이었다.

  북진구 외자기업 공장 구역으로 이전한 덕광전자에 나
와 무군이 짐을 싸서 들어간 것은 환발해시장 가게가 문
을 닫고 나서였다. 덕광전자는 기숙사와 식당이 별도로
딸린, 새로 지은 깨끗한 단층 건물로 이사했다. 마당이 널
찍했고 현장도 두배로 더 크고 직원들도 칠팔십명으로 늘
었다.

  나와 무군은 무군 누나네 부부나 식당 아주머니네 부
부처럼 독방 한칸을 배당받아 짐을 부렸다. 크기는 비슷
했지만 쓰레기 수거촌의 방보다야 훨씬 깨끗한 새 방이었
다. 화장실과 욕실은 공용이었고 식당에서 밥을 먹을 수
있었기에 주방은 필요 없었다. 무군은 그 방을 아주 마음
에 들어했다. 그는 자신이 손수 만든 싱크대와 식탁 따위
를 모두 가져오지는 못했지만 새 방에 맞출 간단한 가구
들을 다시 만들 수 있다는 생각에 흥분했다. 침대 발치로
간이 옷장을, 동쪽 벽으로는 티비와 수납장을 놓고, 그 맞
은편에는 작은 접이식 소파도 하나 두고 싶다고 무군은

신혼집을 꾸미는 신랑 같은 어조로 말했다.

식당에서 조선족 직원들과 첫 저녁을 먹을 때에 나는 정숙을 알아보았다.

— 혹시 Z시 조선족 고등학교 졸업…… 맞나요?

정숙이 나를 유심히 보았다.

— 그래, 어디서 본 얼굴이네요. 나도 그 학교 출신이에요. 담임이 누구였더라? 91기였나?

정숙과 나는 그 학교에서 유명했던 선생님 몇몇에 대한 공통의 기억을 나눴다. 정숙은 고등학교 졸업장을 딴 뒤 대학 입시를 보지 않았다. 식사를 마칠 즈음 정숙과 나는 벌써 한층 가까운 사이가 되어 있었다. 정숙은 한 동네 살던 이웃집 동생을 만난 것처럼 나를 편하게 대했고 나는 정숙에게서 아무런 이기심 섞이지 않은 배려를 느꼈다. 정숙은 우리 방이 정리된 다음 놀러 가겠다고 약속을 했고 나는 그 말이 빈말이 아닌 줄 느낌으로 알았다.

정숙은 매일 창고에서 근무했다. 창고는 남향의 사무실에서 넓은 작업장을 거쳐 건물의 맨 북쪽 변두리에 있었다. 한줄 한줄 천장까지 올려쌓은 철제 앵글, 크고 작은 플라스틱 바구니 안에 들어 있는 각양각색의 전자부품들. 정숙은 출입문 곁에 있는 작은 칸막이 안 책상 앞에서 하루 종일 그것들을 마주하고 앉아 있었다. 물건을 올리고 내리고 정리하는 일은 그녀보다 나어린 남자 직원이 도왔다. 그녀는 주로 입출고 장부 관리와 제품 재고량을 수시로 체크하는 일을 했다. 구사장이 갑자기 어느 모델의 샘플이 필요하다고 하면 무군의 누나는 정숙을 찾았다.

창문이 없는 창고는 어두웠다. 여름에는 무지 더웠고 겨울에는 몹시 추웠다. 손이 시리다는 정숙의 말을 듣고 무군의 누나가 공장장에게 부탁해 임시로 작은 방을 만들어주었다. 가느다란 나무 졸대로 기둥을 세우고 그 위로 투명한 비닐을 씌운 방이었다. 책상 하나와 걸상 두개, 그리고 컵이나 장갑 따위 개인용품을 둘 수 있는 작은 선반이 그 안에 있었다. 조도가 낮은 푸른색 일광등 빛 아래서 정숙이 몸을 사리고 앉은 비닐하우스는 어두운 바다 위를 홀로 떠도는 섬, 또는 거대한 자궁 속에서 할딱거리고 있는 미약한 살덩어리 같았다.

여름이면 졸대의 비닐을 벗긴 정숙의 1인용 사무실은

사방 기둥만 남은 개방된 직육면체가 되었다. 뻥 뚫린 공간에 도드라지게 앉아 있는 정숙의 모습은 때로 무대 위에서 모노드라마를 연기하는 연극배우 같기도 했다. 동작도 대사도 별로 없는 배우였다. 정숙이 그곳에 앉아서 할 수 있는 일이라곤 종일 숫자를 쓰고 맞춰보고 지겨움을 덜기 위해 다리를 떨거나 공상을 하거나 가만히 소설책을 보는 것이었다. 그 모습은 그녀가 연출해낸 가장 생동하는, 전형적인 현대 노동자의 무언극이었다.

정숙은 항상 작업복을 입고 있었다. 작업복의 칙칙한 색채에 물들기라도 한 듯 출근해 있는 동안 그녀의 얼굴에는 늘 푸른 그늘이 졌다. 그것 때문에 나는 정숙을 피부색이 짙은 아가씨로 기억했던 것이다. 퇴근 후 기숙사에 돌아와 평상복으로 갈아입은 그녀는 훨씬 생기 있어 보였다. 화려한 색채나 세련된 디자인의 옷을 입는 것은 아니었지만 단정하면서도 부드럽고 따뜻한 여성적인 분위기가 정숙에게 있었다. 정숙은 유난히 바지런하고 깔끔해서 추운 겨울밤이든 더운 여름밤이든 늘 발을 씻고 속옷을 빨았다. 내가 잊어버리고 거두지 않은 빨래는 정숙이 가

저다가 자주 개켜주었다. 그녀에게서는 그 또래에게서 흔히 나는 화장품 냄새보다 비누 향이 더 났다.

회사로 들어가자 바람대로 사무실에 배정을 받은 나는 정숙과 달리 굳이 작업복을 입을 필요가 없었다. 내가 들어오면서 무군의 누나는 출납을 비롯한 사무실의 잡다한 업무를 나에게 맡기고 공장장과 함께 회사 관리에 신경을 썼다. 매일 직원들의 출퇴근 시간을 감독하고 영업부나 구매부에서 날아오는 영수증을 정리하는 한편 상담 전화와 회사의 메일을 처리하며 때로 구사장과 거래처 사장들의 통역으로 외근하는 것, 나의 일거리는 대충 그 정도였다. 나는 여유시간에 컴퓨터를 열어 연습 삼아 도표를 그리며 엑셀을 배웠고 일을 끝낸 다음에는 잠깐씩 작업현장에 내려가보기도 했다. 무군 같은 조선족 남자 직원들이 그곳에서 공장장을 도와 포장이나 기계수리 혹은 잡심부름을 하고 있었다.

무군은 노란 테이프를 입에 물고 박스를 둘둘 굴려가며 신나게 포장을 했다. 눈썰미 좋고 손재주 많은 무군에게 그것은 일도 아니었다. 무군은 때로 그의 자형을 도와 말썽을 일으키는 기계를 손보기도 하고, 식당 아주머니의 남편과 같이 배선을 점검하기도 했다. 공장장이나 구사장의 심부름을 할 수 있을 만큼 영민한 사람도 무군이었다. 구사장은 상황에 따라 나 대신 무군을 통역으로 데려가기도 했다. 무군은 무군답게 그 모든 일을 기꺼이 나서서 했다. 그는 성실하고 열정적으로 맡겨진 일을 감당했지만 그 이상의 것, 예를 들면 빠른 승진이라거나 더 후한 봉급을 바라지는 않았다. 그때만 해도 나는 무군의 그런 '생각 없음'을 큰 문제로 보지 않았다. 워낙에 학교 때부터 야심이라곤 없는 친구였으니까.

현장에서 무군을 만날 때마다 나는 그의 낯선 모습에 가만히 놀라곤 했다. 소학교와 중학교를 거쳐 한 동네에서 무람없이 알고 지낸 고향의 무군은 점점 기억 속 깊은 곳으로 가라앉고 있었다. 마치 천진에 와서 새로 알게 된 친구마냥 무군에 대한 기억은 짧고 생경한데다가 날마다 갱신되고 있었다. 환발해시장의 가게 시절하고도 또 달랐다. 거기서는 내 삶이 온통 무군에게 둘러싸여 진행되었지만 회사에서는 그렇지 않았다. 둘만의 오붓하고 조용한 시간이 길었던 가게 시절과 달리 회사에서는 여러 관계들이 둘 사이를 비집고 들었다. 나쁘다고만 말할 수 없는 변화였다. 무군의 미소는 여전했다.

무군은 짬을 내어 우리 신혼방을 정성껏 꾸몄다. 이번엔 중고가 아니라 새 티브이를 샀고, 내가 좋아하는 음악을 들려주려고 수개월치 봉급을 모아 값비싼 CD플레이어도 장만했다. 휴일이면 근처 인테리어시장을 돌면서 고밀도 판자를 주워와 귀여운 가구를 만들었고 소원하던 대로 예쁘고 푹신한 소파침대도 사들였다. 아니, 이런 걸 이렇게 사들여서 어떡하냐고 내가 화를 내면 무군은 배시시 웃으며 나를 설득했다.

──결혼할 때 목돈 들이지 않아도 되잖아. 그냥 내가 좋아서 산 거야. 난 너랑 같이 사는 매일매일을 중고제품으로 대충 때우고 싶지 않아……

매일 밤 우리는 방음용 스트로프를 두껍게 댄 벽 너머의 기척을 살피며 사랑을 했다. 나는 성질 급한 무군이 마음에 들지 않아 화를 낼 때도 있었지만 전보다는 좀더 자

연스러울 수 있었다. 내가 앵돌아졌거나 유난히 튕기면서
협조를 하지 않는 밤이면 무군은 쑥스러워하면서도 다른
좋아할 만한 방법을 가르쳐달라고 졸랐다. 나는 스스로
도 답을 몰라서, 진지하게 생각해보는 것조차 낯간지러워
서 무군을 저질스럽다고 비난했다. 무군은 내 말에 기분
나빠했지만 다음 날이 되면 다시 최선을 다하려고 노력했
다. 낮 시간 동료들과 함께 있는 무군은 연인인 줄 알아채
지 못할 정도로 나에게 사랑의 표현을 절제했지만 밤에는
닭살 돋을 표현을 아낌없이 해주었다. 무군은 늘 내가 참
예쁘다고, 참 좋다고 말했다. 나도 그의 표현이 싫지 않았
다. 이렇게 연인들 사이의 사랑이 하루하루 무르익어가는
거구나 하고 나는 생각했다.

4

　조선족 직원들은 같은 개발구역 내의 다른 회사 조선
족 직원들과도 왕래가 있었다. 업무상 필요한 점도 있었

고 이방인으로서의 공감대도 있었으며 구직이나 생활정
보 교류를 위한 것도 있었다. 젊은 직원들끼리는 금방 친
해졌다. 여가시간이 많은 주말 오후, 부군은 다른 회사의
젊은 조선족 남자 직원들과 회사 마당에서 공을 찼다. 생
김새김이 불규칙한데다 넘어지면 무릎이 까지곤 하는 시
멘트 바닥이었지만 한창 혈기의 청년들의 감흥을 깰 수는
없었다. 참가할 수 있는 인원만큼 모여 공격과 수비와 키
퍼 모두 원하는 사람 마음대로 자리를 바꿔가며 진행하
는 굉장히 역동적인 놀이였다. 고향 마을과 학교 운동장
으로부터 시공간적으로 이처럼 멀어진 곳에서 축구를 할
수 있다는 작은 기적에 청년들은 흥분했다. 멋진 슛을 하
나 날리고는 두셋이 뭉쳐 어깨를 겯고 우우 함성을 지르
는 모습에는 어린애처럼 단순하고 사랑스러운 구석이 있
었다. 부군은 그 젊은이들 중에서 희철을 알게 되었다.

　김희철.

　기어이 그 이름이 떠오른다. 덕광전자와 100미터 남짓
가까운 거리에 있는 금형회사의 직원. 천진에 온 지 2년
이 되었다던 평안도 억양의 청년. 정숙이 고등학교 때부

터 사귀던 첫사랑. 희철은 무군보다 두살, 나보다는 세살 더 많았지만 커다란 눈과 보통의 여자들보다 더 하얀 피부 덕분에 나이든 티가 나지 않았다. 성숙한 인상의 정숙과 동안인 희철이 나란히 앉으면 연인이 아니라 사이좋은 남매 같기도 했다. 실제로 정숙은 쌍둥이 동생을 둔 가난한 집안의 장녀였고 희철은 누나 한명이 있는 막내였다.

어떻게 해서 넷이 그렇게 친해졌는지 조목조목 설명할 수는 없었다. 축구를 하다가 무군과 희철이 만났고, 희철이 정숙의 남자친구라는 것을 알게 되었고, 정숙과 스스럼없이 지내던 내가 희철하고도 편한 사이가 되었고, 물론 희철도 무군과 내가 연인 사이라는 것을 알게 되었고…… 그러나 그런 관계만으로 친밀한 사이가 되는 것은 아니다. 가재는 가재끼리, 새우는 새우대로 모이듯이 젊고 단순하고 아직 세속에 물들지 않았던 네 사람이 비슷한 가치관을 가지고 있었던 것도 한가지 이유가 되었을 것이다. 특별한 일이 없는 휴일, 우리 넷은 사오십분씩 버스를 타고 한창 건설 중에 있던, 천진의 번화가 빈강도를 거닐었다. 천진을 대표하는 여러 고급 쇼핑몰이 있고 최신 유행의 값싼 의류잡화 가게들도 어느 구역보다 많은, 젊은 소비자들이 가장 선호하는 거리였다. 무군과 희철은 쇼핑에 별 관심이 없었지만 연인과 함께할 수 있다는 것에 의미를 두고 돌아다니는 내내 자청 나와 정숙의 짐꾼이 되어주었다.

무군이 좋아하는 것은 늦은 오후부터 시작하여 밤이 되도록 숯연기를 피우며 굽는 불고기였다. 불고기, 그게 또 무군의 장기였다. 그는 회사 근처를 돌아다니며 벽돌을 주워와선 마당 한 귀퉁이에 네모지게 쌓고 그 위에 철망을 폈다. 머릿수가 많아 자주 구울 수도, 매번 사비로 고기를 살 수도 없었지만 회사에 남아 밥을 먹는 사람들이 이런저런 일로 빠진 날, 또는 구사장이 인심을 크게 써서 식비를 내준 날 무군은 박스를 찢어 부채질을 하면서 신나게 숯불을 지폈다. 숯불고기 냄새는 이웃 회사 마당까지 잘도 퍼졌다. 고기를 한참 굽다보면 때로 출출한 배를 그러안고 대문께에서 그들을 넘겨보는 다른 회사 직원들의 얼굴을 보기도 했다. 희철은 쉬는 날이면 습관처럼 덕광으로 정숙을 찾아왔고 무군은 불고기 굽는 날마다 으레 희철을 불렀다.

무군과 같이 시장에 나갔다가 고기장수에게 쫓겨난 나 때문에 그들은 배를 잡고 웃기도 했다. 둥글납작한 흰 모자를 쓴 뚱뚱한 중년 남자가 고깃간 주인이었다. 익숙한 손놀림으로 싱싱해 보이는 붉은 고기의 뼈를 발라내고 있는 남자에게 내가 확인차 돼지고기인가 하고 물었다가 쫓겨난 것이었다. 남자는 아주 기분이 거슬렸다는 듯 손에 서슬 퍼런 칼을 든 채로 나에게 휘저어 보였다.

──가, 가! 저리 가라고! 에잇, 재수 없게……

나는 남자의 화난 동작을 보면서도 그것이 나를 향한 몸짓이라는 것을 깨닫지 못하고 어리숙한 표정으로 계속 그 자리에 서 있었다.

──참, 주인은 화딱지가 나서 붉으락푸르락하고 있는데 상아 얘는 그 눈치를 전혀 모르는 거예요. 다른 사람이랑 얘기하는 줄 알았대요.

무군은 희철에게 어리벙벙한 나의 모습을 흉내 내 보였다. 나는 변명을 하다 못해 그들을 따라 웃었다.

──아니, 나는 뭐 잘못한 게 없는데 왜 그럴까 의아했죠.

희철이 일러주었다.

─그 사람들은 무슬림이야. 우리 북진구에는 특히 무슬림들이 많이 모여 살고 있지. 그 사람들은 돼지고기를 '큰 고기'라고 불러. 자기네 가게에서는 원체 팔지도 않고.

나는 회족 사람들을 실제로는 처음 보았다. 희철의 설명을 듣고서야 나는 우리가 갔던 시장 구역을 가리켜 천목(天穆, 명나라 때부터 건설되기 시작한, 천진 경내 최대의 회족 칩거 구역)이라 부르던 것을 이해했다.

어느 휴일에 무군이 나를 자전거 뒤에 태우고 놀러 나갔다가 가벼운 접촉사고가 난 적이 있었다. 자전거의 도시답게 천진 거리는 차선보다 자전거도로가 더 넓게 차지하고 있었는데 그럼에도 출퇴근시에는 봇물처럼 밀려오는 자전거가 차선 하나를 쉽게 삼켜버리곤 했다. 다리가 땅에 닿을 만큼 안장을 낮추고 다니는 것도 동북과 달랐고 뒤에서 급하게 경적을 울려도 한가로이 제 갈 길만 가는 것도 우리네와 좀 달랐다. 자전거 핸들에 매단 화분을 내려다보느라 느린 속도로 비칠거리던 아주머니를 무군이 앞서가려다가 그만 부딪친 것이었다. 무군은 말짱했고 뒷자리에 앉았던 나만 호되게 엉덩방아를 찧었다. 다행히 화분은 깨지지 않았지만 아주머니의 바짓가랑이가 페달 속으로 약간 감겨들어가서 검은 기름얼룩이 졌다.

사실 이만한 사고는 우리 고장에서는 사건으로 치지도 않았다. 한쪽이 시원하게 사과를 하면 다른 한쪽은 얼마 든지 툭툭 털고 제 갈 길을 갈 수 있는 일. 그런데 아주머 니하고의 실랑이는 두시간이 넘어가도록 종시 해결을 보 지 못했다. 아주머니는 연신 손사래를 치며 무군의 사과 를 받으려 하지 않았고 하마터면 화분이 깨질 뻔했다는 얘기만 수없이 반복했다. 천진 억양이 농후한 아주머니의 말투는 화가 난 듯 아닌 듯 감을 잡기 힘들었고 크게 흥분 감을 표하지 않은 얼굴에서는 속내가 보이지 않았다.

정숙을 통해 사실을 알게 된 희철이 달려와서 중재해주 었다. 아주머니에게 여러번 깍듯이 사과를 하고 교통경찰 의 제안대로 세탁비도 드렸다. 아주머니는 떠나가면서 버 릇없는 애들이라며 무군과 나에게 삿대질을 했다. 그건 좀 억울했다. 무군도 나도 버릇없다는 말은 처음 듣는 소리였다. 희철이 우리를 데리고 가서 작은 시루에 찐 구불리포자(狗不理包子)를 사주었다. 천진의 대표적인 먹거리였다. 하얀 김이 무럭무럭 나는 시루 속의 만두를 마주하고 희철이 달래주었다.

　— 여기 사람들은 말이 좀 많아. 별것 아닌 실랑이로 온 하루를 허비하기도 하지. 동북 사람들처럼 목소리를 높이지도 않고 화끈하게 마무리하지도 않아. 자잘한 이유라도 밝혀 따지고야 직성이 풀리니까.

　희철에 따르면 천진은 전국적으로 범죄율이 아주 낮은 도시라고 했다. 사람이 다치지 않은 자전거 접촉사고도 여기서는 사건에 속했다. 그 입장에서 보면 무군과 내가 무례하게 느껴졌을 것 같기도 했다. 나는 나쁜 기분을 털어버리고 만두를 집어 초간장에 찍었다. 한껏 스트레스를 받은 끝에 먹는 만두는 더 맛있었다. 만두피가 폭신하고도 쫄깃하고 소는 촉촉하고 고소한 것이 괜히 이름난 먹거리가 아니었다. 나는 만두 한 시루를 혼자 다 먹어치우며 천진 사람들을 열심히 변호하는 희철에 대해 생각했다. 참 온순하고 양심적인 사람이구나, 그래서 정숙언니가 좋아하나보다 하고.

  빨래도 마치고 쇼핑할 일도 없을 때에 우리는 나와 무
군의 방에 모여 가끔 비디오를 틀었다. 기계는 식당 아주
머니네서 빌린 것이었고 테이프는 무군이나 희철이 얻어
왔다. 어느날인가는 재밌는 범죄추리극이라 해서 오랜만
에 넷이 모여 과자며 음료수까지 사놓고 분위기 잔뜩 내
면서 보고 있는데 갑자기 야한 장면이 나오기 시작했다.
방금 전까지 웃고 떠들며 보던 우리는 순간 조용해졌다.
얼마나 민망하고 긴 시간이었던지. 그렇다고 훌쩍 일어나
테이프를 돌려감을 수도 없었다. 다들 모든 동작을 멈추
고 묵묵히 그 장면이 빨리 지나가기만을 기다렸다. 서로
의 얼굴을 쳐다볼 수조차 없는 숨 막히는 고요 중에 누군
가 꿀꺽, 침을 삼키는 소리가 유난히 크게 들려왔다. 희철
이나 무군이었을 것이다.
  그 소리에 나와 정숙은 거의 동시에 서로를 바라보며
깔깔 웃었다. 마법에서 풀려난 듯 우리는 다시 방금 전처
럼 활기를 되찾았다.

─뭐야, 다들 무슨 생각 하고 있었던 거야?

─아이고, 난 화장실 가고픈 거 겨우 참았네, 큭큭.

그것이 우리 네 사람의 방식이었다. 곧 회사 직원들도 구사장도 우리 4인방의 친분을 인정했다. 희철이 왔다 하면 정숙을, 정숙이 자리에 없으면 바로 무군이나 나를 불러주곤 했다.

네 사람이 같이 있을 때 누구보다 쾌활하고 친절했던 김희철, 그가 자신의 회사에서 일을 할 때에는 어떤 모습이었을까. 희철의 좀더 입체적인 모습을 아는 이는 정숙일 터였다. 그들 사이에서 생긴 일을 나는 이제 거의 이해한다고 생각한다. 정숙의 한숨과 냉철함과 그녀의 선택에 대해서도. 그러나 내가 그녀를 이해한다는 말에는 나 자신을 위한 변명 같은 것도 포함되어 있어서 일종의 죄스러움이 동반되기도 한다. 정숙을 만나기 전 나는 되도록 그녀가 잘 살고 있는 모습을 보고 싶다고 생각했다. 우리가 함께했던 한 시절과 우리 모두의 남은 삶을 위해서도 그게 좋겠다고 생각했다. 무엇보다 나는 내가 더이상 그 시절의 어떤 부분에도 묶이지 않기를 바랐다. 약속 장소로 잡은 까페를 향해 오고 있을 정숙 역시 마찬가지일 것이다.

정숙의 사물함 안 노트 속에 끼워져 있던 그녀의 가족사진이 떠오른다. 사진 속의 정숙은 소학교 5, 6학년쯤 돼 보였고 그녀의 쌍둥이 동생들은 1, 2학년 정도로 보였다. 그녀의 어머니와 아버지가 동생들을 하나씩 무릎에 앉혔고 정숙은 남동생을 안은 어머니 곁에 앉았다. 노란 구들장은 모서리가 약간 들려 있었고 도배를 한 천장은 나지막하니 경사지게 내려왔다. 작고 낮은 초가집이었다. 나이보다 훨씬 겉늙어 보이는 아버지와 왜소한 몸집에 얼굴이 까맣게 그을린 어머니는 소박한 농군답게 선해 보이는, 그러나 걱정이 가득 찬 눈빛이었다. 가난이 그들을 끊임없는 걱정 속에 옭아매놓은 것이다.

하얀 머리띠를 하고 붉은 넥타이를 맨 정숙은 식구들 중에 가장 똘망똘망해 보였다. 아버지의 무릎에 안긴 여동생은 투정을 부리다 말고 그대로 찍힌 양 눈물이 그렁

그러한 채였고 정숙의 눈매를 닮은 영특하게 생긴 남자아이는 겁에 잔뜩 질린 표정이었다. 중학교 2학년, 기숙사에 들어가면서부터 무슨 일을 겪었던지 정숙의 남동생은 말을 하지 않았다. 성적은 최하위로 뚝 떨어졌고 수업시간에는 책상 위에 엎드려 잠만 잤다고 했다. 방학이 되어 싸들고 온 이불짐 속 책가방 안에는 까먹고 남은 해바라기씨 껍질이 꽉 차 있었다. 고등학교에 진학하지 못하게 되자 그 아이는 집 안에만 박혀 있으려 했다. 부모님의 밭일을 거들려고도 하지 않았고 읍내 구경을 가지도 친구들 집에 마실을 가지도 않았다. 어르기도 하고 다그치기도 하면서 할 수 있는 노력을 다 해보았지만 소용이 없었다.

저녁밥을 먹고 여자 기숙사 방에 들어가 정숙의 침대에 누워 시시한 한담을 나눌 때, 가끔 여동생한테서 전화가 왔다고 식당 아주머니가 정숙을 불렀다.

──정숙아, 전화! 여동생이란다!

식당 바로 곁방에 살고 있는 아주머니는 늘 그런 식으로 문을 열고 복도에 대고 소리쳤다. 남동생이 아직도 그러고 있다는 말을 들으면 정숙은 여동생에게 버럭 화를 냈다.

─애, 앞으로 그 애 이야기는 나한테 하지도 말어. 듣고 싶지 않아.

화를 내면 높아지는 정숙의 목소리가 복도를 이리저리 맴돌곤 했다. 않아, 않아……

고향을 떠난 다른 조선족 직원들과 달리 집에서 전화가 왔다는 소리에 정숙은 별로 기뻐하지 않았다. 정숙이 모은 얼마 되지 않는 월급은 소박한 정도의 용돈만 빼고 모두 집으로 보내지곤 했다. 그래서 정숙은 가끔 나를 부러워했다.

─무군 정도래도 얼마나 좋겠니. 재는 참 붙임성도 좋고 생활력도 강해.

나는 겨우 나와 무군을 부러워하는 정숙이 잘 이해가 가지 않았다.

─언니는 희철형이 있잖아요. 형이 언니한테 얼마나 잘해주는데.

그러면 정숙은 쓰윽 서글픈 웃음을 지었다.

정숙은 가끔 회사로 희철을 찾아갔다. 현장 생산라인을

맡고 있는 과장 곁에서 조수처럼 일을 거드는 희철은 직장생활 요령이 없어서인지 같이 입사한 동기보다 월급이 적었다. 정숙은 희철의 그 점을 마음에 들어하지 않아했다. 나이가 어린 나보다는 아무래도 사회생활 경험이 많은 무군의 누나에게 털어놓기가 쉬워서 정숙은 자신의 불편한 속내를 그녀에게 조심스레 비치기도 했다.

　　——사람이야 좋죠, 성실하고 순수하고…… 저도 알아요. 근데 너무 고지식하고 융통성이 없어서 이 사회에서는 어디 잘나갈 수가 있겠나요?

　　희철은 어땠던가. 희철도 정숙과의 관계가 걱정스러웠던가. 내가 아는 한 희철은 그렇지 않았다. 희철은 정숙을 만나러 오는 일이 정말 즐거워 보였다. 우수에 찬 얼굴이었다가도 정숙이 나타나면 엄마를 찾은 아이마냥 밝게 웃었다. 엄마를 찾은 아이라…… 그러고 보니 정말 그랬던 것 같다. 희철은 정숙을 지켜주는 든든한 버팀목이라기보다 그녀에게 의지하는 약한 순이었다. 사귀는 동안 부모님에게 사진을 보여주지는 못했던 모양으로, 일이 터지고 나서 천진으로 부랴부랴 올라온 희철의 가족들은 누가 그의 여자친구인지 알아보지 못했다.

5

지하철에서 내렸다. 생기 없는 인공조명에 얼굴빛이 파르스름하게 질려버린 다른 무리의 사람들이 차 안으로 빨려들어갔다. 계단을 한참 오르다 뒤를 돌아보았다. 한량 한량 기다랗게 이어붙은 지하철이 떠나가는 모습이 순간 토막 진 관들 같았다. 나는 급히 눈을 돌렸다. 쓸데없는 상상에 정신줄을 놓지 않는 게 좋을 것이었다. 음침한 땅속의 공기와 조명 때문일 거라고 나는 자신을 안도시켰다. 그러나 지상에도 자연의 햇빛은 사그라들고 없었다. 나는 정숙이 가르쳐준 주소를 지도 앱에 찍어서 그것이 가리키는 대로 거리와 골목을 걸어갔다. 가게들마다 환한 불빛 속에서 열심히 손님을 맞고 있었다. 매일매일 무언가를 팔고 또 사도, 이튿날이면 언제 그랬냐 싶게 또다시 살아내야 할 삶이 찾아오는 것이다.

지하철역 맞은편의 약국을 지나는데 정숙에게서 문자가 왔다.

— 잘 오고 있지? 길만 안 막히면 나도 한 15분쯤이면 도착할 거 같아.

정숙은 자신이 혹시라도 더 늦게 되면 뭐라도 먼저 시켜 먹으라고 내게 권했다.

— 알았어요, 언니. 조심해서 와요.

답장을 보내고 나는 정숙이 운전하는 모습을 그려보았다. 그런 모습은 한번도 본 적이 없었기에 잘 그려지지 않았다. 우리의 천진 시절에는 운전은커녕 대발(大發)택시(천진에서 생산된 일본제 7인승 승합차로, 이 당시 천진의 택시로 사용됨)조차 쉽게 탈 엄두를 못 냈으니까. 우리는 매달 월급이 천원도 안 되는 직장인들이었고 우리의 연봉으로는 10년, 20년을 모아봤자 차 한대 뽑기 어려웠다. 빈강도의 고급 쇼핑몰에서 미스 신이 입은 것 같은 세련된 옷의 가격표를 확인할 때마다 정숙과 나는 수없이 낙담하지 않았던가. 좋은 삶은 도처에 널렸는데 우리로서는 도저히 그것을 붙잡을 수 없었다. 어느날 혼잣말처럼 정숙이 그랬다. 가난을 증오한다고. 같이 가난하게 만드는 사랑이라면, 그 사랑도 증오한다고.

지금의 정숙은 그 일을 어떻게 생각할까. 어디서부터 그 일을 얘기하면 좋을까. 미스 신? 춘란이? 아니면 오지랖 넓은 구사장?

마른 몸매에 큰 키, 나이보다 활력 넘치는 생각과 몸놀림, 우렁우렁한 목소리와 청년 시절엔 미남 소리깨나 들었을 얼굴. 줄무늬 양복에 하얀 셔츠, 반짝반짝 윤기 나는 구두를 신고 다니던, 사장 구덕광.

한창 잘나갈 때는 연간 수십억대의 수출 성과를 올려 대통령상을 받은 적이 있다는 그 50대 후반 전라도 출신의 사장을 생각하면 그가 항상 들고 다니던 검은 가방이 먼저 떠오른다. 흔히 007가방이라 불리는 그의 가방을 우리는 만물상 가방이라 불렀는데, 그 안에는 손거울에서부터 머리빗과 눈썹 정리용 작은 빗, 이쑤시개와 면봉과 화장솜과 스킨, 로션, 향수, 구둣솔과 가위와 휴대용 반짇고

리까지 웬만한 난전의 잡화 모두라고 할 만큼 온갖 잡동사니로 꽉 차 있었다.

구사장은 직원들에게 그것을 자신의 완벽주의 또는 군대 생활에서 익힌 습관 때문이라고 했지만 나에게는 어쩐지 일종의 '나그네 증후군'처럼 여겨졌다. 그는 유쾌하게 웃기를 잘했지만 그 웃음 뒤에는 불안한 외로움이 묻어났다. 가방을 들고 성큼성큼 활기차게 걸어다녔으나 또한 언제든 그 가방과 함께 훌쩍 사라질 것같이 보이기도 했다. 그는 사장이면서 이국 사람, 타향인이기도 했다. 직원들의 채용을 결정하고 봉급을 책정하며 보너스를 베풀 수 있는 권한을 가지고 있으면서 다른 한편 마음 깊이 직원들, 특히 현지인들을 두려워했다.

그는 붙임성 좋고 모험심도 강한 사업가였지만 회사가 좀 된다 싶으면 다른 업종을 넘겨보는 산만함이 있었다. 직원들에게 그리 박하지 않은 대신 감정 기복이 크고 변덕도 심했다. 주위 사람들이 인식하는 것보다 자신을 높게 평가했으며 그런 자아도취 상태에서 일을 기적적으로 추진하기도 하고 순식간에 말아먹기도 했다. 구사장은 경리를 제외한 사무실 관리직원을 모두 조선 청년들로 뽑았고 남녀 할 것 없이 싸잡아서 자신의 습관을 따라 '짜식'이라고 불렀다. 그는 조선인 직원들을 '중국어도 한국어도 제대로 못하는 족속'이라 불렀지만 한편 그들을 위해 항상 반찬을 따로 만들게 했다. 조선인 직원들은 거개가 구사장의 말을 잘 따랐다. 미스 신만 제외하고 말이다.

늘씬한 몸매와 시원시원한 용모, 한족이라고 착각하게 할 만큼 유창한 중국어, 그리고 구사장의 억양을 빼닮은 한국어투…… 겨우 스물예닐곱살의 미스 신은 덕광전자의 직원 중 어느 누구보다 오래 회사에 있어온 사람이었다. 아니, 회사가 설립되기 전부터 구사장을 만났다고 하니 사실은 창업 멤버인 셈이었다. 회사의 전설처럼 하는 이야기로, 미스 신은 스물한두살에 혈혈단신 천진으로 나왔고 여러 직종의 일을 하다가 어찌어찌 그때 막 중국에 온 구사장을 만났다고 했다. 미스 신은 구사장이 회사를 설립하는 것을 처음부터 도왔고 그 일을 기어이 성사시켰다. 공장 건물을 계약하고 현지인 직원과 조선족 직원들을 모집하고 독자회사를 상대하는 정부기관에 각종 서류를 넣고 수속을 밟는 등의 모든 절차에 미스 신이 있었다. 한족학교를 다닌 그녀는 조선어를 겨우 알아듣는 수준으로 시작했지만 구사장 곁에서 비서로 일하면서 그의 말투와 억양을 빼다 박은 듯이 배워버렸다. 단 하나 옥에 티라면 존칭 쓰는 법을 제대로 익히지 못해 종종 구사장이 그녀한테 하는 대로 똑같이 반말을 한다는 것이었다. 두 사람의 대화를 듣다보면 사정을 모르는 사람은 그들이 연인이거나 오랫동안 함께해온 부부 같다는 착각에 빠질 수도 있었다.

회사가 어느 정도 안정기에 접어들고부터 그녀는 주로 통관 쪽 업무를 맡았다. 원료를 수입하고 완제품을 수출하는 등의 서류를 작성하고 제출하는 무역 담당이었다. 그녀는 사무실이 필요하지 않았고 업무가 회사 내에 있지도 않았기에 볼일이 있을 때만 회사에 나왔다. 아내에게 이혼당하고 시골 부모님 집에 얹혀살던 오빠 신석주를 회사로 불러온 이가 미스 신이었다. 신석주는 내가 회사를 떠나기까지 내내 현장에서 박스를 포장하는 일만 했는데 미스 신은 회사에 오더라도 부러 오빠가 일하는 현장은 들르지 않았다. 그녀는 신석주에게도 다른 직원들과 마찬가지로 시종 변함없는 '미스 신'이었다.

그즈음 구사장은 양말이나 의류 제조에도 관심을 보였다. 하북성에 있는 양말공장 사장을 만나러 가면서 구사장은 무슨 생각에서였던지 나와 무군을 둘 다 불렀다.

— 일이 어떠냐? 할 만하지? 오늘 같은 날은 둘이 데이트도 하고 그래야 하는데 말이야.

4, 5시간을 내처 달려야 하는 차 속에서 심심풀이 겸 구사장이 물었다.

— 그래, 상아야, 네 이름은 누가 지었다고? 내가 들어본 조선 아이들 이름 중에 젤로 근사한 이름이더라.

구사장은 내 이름 한자가 애초부터 고상할 상(尙)에 우아할 아(雅) 자인 줄 알았던 것이다.

— 그게요, 사실은 그 상아가 아니거든요……

오랜만에 차를 타고 교외를 달려보는 무군이 흥분한 양 안전띠를 한 손으로 잡으면서 조수석에서 우리를 돌아보왔다.

　── 달 속에 있는 상아. 누나는 아시죠? 얘는 그 상아
래요.

　무군은 미스 신에게 개구쟁이 아이처럼 웃음을 지어 보
였다. 미스 신은 손으로 부채질을 하면서 알 듯 말 듯한 미
소를 지었고 두 여자 사이에 중뿔나게 끼어앉은 큰 키의
구사장은 의아해했다.

　── 달 속에 있는 상아라니? 건 또 뭔 말이야?

　중국의 오래된 전설이라고, 연도도 정확하지 않은 요
임금 시대에 아홉 태양을 쏘아 떨어뜨렸다는 명궁수 후예
의 아내로, 남편이 서왕모에게서 하사받은 불사약을 혼자
먹고 몸이 가벼워져 그만 하늘로 날아가버린 여자라고 미
스 신이 말해주었다.

　── 워낙 사정이 급해서 손에 닥치는 대로 붙들다보니
집에서 기르던 토끼를 안고 갔다는 말도 있고, 남편 없이
혼자 날아가다가 이건 아니다 싶었는지 그나마 땅이랑 젤
로 가까운 월궁에 갔다는 말도 있고.

　미스 신은 심드렁한 말투였지만 구사장은 부쩍 흥미를

느끼는 모양이었다.

　—그래? 그런 이야기가 있다고? 신기하네, 우리나라 사람들은 여태 달 속에서 토끼가 방아 찧고 있다는 전설만 알고 있는데. 상아라니, 처음 듣는 얘기구나.

　구사장은 흠흠 목소리를 가다듬더니 말보따리를 풀기 시작했다.

　—중국의 상아는 모르겠다만, 우리 한국에도 전설이 하나 있지. 니들도 들어봤나 몰라. 옛날옛날에 깊은 산속에 홀어머니를 모시고 사는 가난한 나무꾼이 있었는데, 참 그때나 지금이나 남자가 손에 쥔 게 없으니 장가를 갈 수가 있어야지. 어찌어찌하다가 노루 한마리를 살려주게 됐고, 노루한테서 도움을 받아 선녀랑 결혼하게 됐는데, 아따, 이 여자가 글쎄 애를 둘이나 낳고도 제 날개옷 찾아주니까 그길로 하늘로 날아가버렸다지 뭐냐. 한놈은 앞에 안고, 한놈은 뒤에 업고. 그래서 노루가 애 셋 날 때까지는 날개옷 절대 꺼내주지 말라고 했거든. 암튼 중국이나 한국이나 여자들 마음 독한 건 왜 이리 비슷하냐, 어제까지 알콩달콩 살 비비며 잘 살다가도 뭔가 수가 틀어졌다 싶

으면 바로 등 돌리고 가버리니.

여자들이 수틀리면 돌아서는 독한 존재라는 말엔 어이가 없었지만, 구사장의 마지막 말 속에는 뭐라고 콕 집어서 얘기하기 어려운 허탈감, 씁쓸함, 또는 무언가에 대한 무상함이 있었다. 아마도 나이 탓일 거라고 나는 생각했다. 그리고 다음 순간 나는 곁눈으로 구사장이 미스 신의 옆구리를 살짝 꼬집는 것을 보았다. 종잇장처럼 얇은 블라우스를 입어 촉감이 생생하게 전해질 여신의 옆구리였다.

한동안 덕광에서의 삶은 하루하루 평화롭게 지나갔다. 미스 신이 다녀간 저녁의 한가한 시간, 정숙과 나는 때로 그녀가 그날 입고 온 옷에 대해 수다를 떨었다. 그래, 요즘에는 그렇게들 입는 것 같아? 그러고는 오는 주말을 기다려서 빈강도로 쇼핑을 나갔다. 고급 백화점이 아니면 미스 신이 입는 것처럼 예쁘고 질 좋은, 제대로 된 옷은 없었다. 나와 정숙은 백화점 앞을 몇번이나 기웃거리다가 그냥 지나쳤다. 미스 신은 회사의 창업 멤버니까, 그녀의 봉급은 아마도 무군의 누나나 공장장보다도 훨씬 많을 테니까, 그러니까 미스 신은 그게 가능하겠지. 우리는 대체 몇 년을 더 해야 미스 신만큼 받을 수 있단 말인가. 싸구려 옷 가지들을 비닐봉지에 넣고 버스에 앉아 돌아오면서 나와 정숙은 그런 생각들을 했다.

언젠가 구사장이 이른 아침에 갑자기 급하게 샘플을 보자고 지시를 내리는 바람에 무군이 부품을 들고 그의 아파트로 찾아간 일이 있었다. 양기사가 아파트 아래 주차장에서 무군에게 구사장의 동호수를 알려주었다. 그날 저녁, 기숙사로 돌아온 무군이 티비를 보다 말고 나에게 말했다.

—근데 구사장 사는 아파트에 미스 신이 있더라. 그 이른 아침에. 잠옷만 입은 채로.

무군은 소파에 길게 누워 한 팔로 머리를 고이고 있었다. 리모컨이 그의 다른 손에서 무심하게 딸깍딸깍 소리를 내고 있었다. 무군은 잘 먹지 못해 원기가 상한 사람처럼 기운 없어했다. 무군으로서는 드문 일이었다. 그가 구사장의 아파트에서 무엇을 보았는지 나는 알 길이 없었다. 나는 베개를 들고 무군의 곁으로 가서 누웠다.

　　—뭔 상상을 하는 거야? 네가 그랬잖아, 구사장은 우리 아버지들보다도 더 나이 많은 사람이라고.

　　그러나 무군은 그 말에도 꿈쩍하지 않았다. 그는 리모컨을 내려놓고 나를 끌어당겨 품에 안았다. 그날 무군은 조용히 움직였다. 무군의 그런 기계적인 움직임이 나로 하여금 쓸데없는 상상에 빠지게 했다.

　　도시에 오면 별의별 사람들이 다 있다더니. 남자와 여자 사이에 어떤 해괴한 일도 가능하다더니. 자본주의 나라의 남자들은 훨씬 오래 여자에 대한 욕구가 살아 있다더니. 그게 다 정말인가? 솔직히 그런 풍문이 금시초문도 아니었고 그래서 호들갑을 떨 필요까지는 없었다. 하지만 그것이 눈앞에서 현실이 될 때, 그 주인공이 어느 이름 모를 남녀가 아니라 바로 덕광전자의 구사장과 미스 신이 되었을 때 나는 매우 찜찜하고 언짢아졌다. 속살을 파고드는 무군의 손길을 느끼면서 나는 말없이 티비를 보았다. 머릿속에 느닷없이 다른 화면이 나타나 나를 혼란스럽게 만들었다. 나는 그 해괴한 장면을 떨치기 위해 눈을 감고 무군의 손길에만 전념하려고 애를 썼다. 아니야, 뭔 사정이 있어서 아파트에 들렀겠지. 그래, 설령 둘이 한집에 살더라도 그런 관계는 아닐 수 있어. 그러나 절정으로 톺아오르기 위한 몸부림이 시작되면서부터는 걷잡을 수 없는 분노를 느꼈다. 뭐야, 그런 거였어? 미스 신 언니의 예쁜 옷들이, 그 매혹적인 향수 냄새가, 누구보다도 많이 가져가는 돈봉투가?

　나와 무군은 그 비밀을 발견함으로써 연 며칠을 우울하게 지냈지만 불고기를 구워먹던 정숙은 아무렇지도 않게 말해주었다.

　—그건 비밀이 아니야. 다들 드러내놓고 얘기하지 않아서 그렇지, 속으론 벌써 짐작하고 있었으니까.

　무군은 얼굴이 벌게진 채 구멍 뚫린 페트병으로 물을 부어 숯불의 화력을 줄었다.

　—어쨌든 난 몰라요. 뭘 본 게 있어야지.

　희철은 모든 것을 알고도 남음이 있다는 표정이었다.

　—우리 회사에도 그런 애 있어. 요즘 같은 세상에 어

느 회사라고 없겠나? 중소기업이 더하지. 다들 뒤에서 쉬쉬거리긴 하는데, 어쩌겠어? 제 집 식구가 아닌 이상.

희철은 시무룩해 있는 우리 기분을 풀어주려고 일부러 쾌활하게 말했다.

— 저기, 달이 보인다. 벌써 보름인가? 천진의 달도 예쁘네. 상아야, 저기 안에는 어떠니? 여기보다 살 만해? 넌 저기 있어봐서 알 거잖아.

어머니에게 편지를 쓰는 밤이면 나는 회사 마당에서 천진의 달을 올려다보았다. 달은 이제 고향 하늘의 그 달이 아니었다. 황사가 많은 날씨 때문인지 천진은 달마저 혼탁한 색깔이었다. 거뭇거뭇한 그늘이 불규칙하게 표면에 드리워 있어서 그 속에 진짜 어떤 실체가 있는 것처럼 보이기도 했다. 아무 생각 없이 그것만 오래도록 쳐다보노라면 왠지 친근함이 느껴졌고 내가 언젠가 까마득한 옛날에는 정말로 그곳에서 살았던 게 아닌가 하는 착각마저 들었다.

나는 편지에 썼다.

—어머니, 금성이랑 아버지 다 잘 있죠? 나도 여기서
잘 지내요. 북경이나 상해하고는 비교할 수 없지만 천진
도 큰 도시예요. 다만 공기가 좋지 않아 여기 달이 고향의
달보다는 희미한 것 같아요.

　　어머니는 답신으로 회사 식당이며 기숙사의 환경을 꼬
치꼬치 캐묻고 나서 한마디 덧붙였다.

　　—무릇 지킬 만한 것 중에 제 마음을 지키라고 했네라.

　　어머니는 그 한줄 주문의 효력을 믿었을까. 아라비안나
이트 속 40명의 절세미녀 공주들과 39개의 기이한 보물의
방도 청년 한 사람의 호기심을 이기지 못했는데. 그것이
설사 신의 주문이라 할지라도, 그 시절 나의 마음을 길들
이기에는 너무 약했는데.

6

　　바로 그즈음 나는 춘란을 만났다.

허춘란, 남산촌 2소대 이름난 주정뱅이네 둘째딸. 소학교와 중학교를 나와 무군과 같이 다녔던 그녀를 생각하면 세상의 음지에서 생활하는 소수자의 삶이 연상되기도 했다. 하지만 허춘란, 그녀는 그 시절 나에게 그런 존재가 아니었다.

춘란에게는 어떤 힘이 있었다. 이미 껍질을 깨고 부화에 성공한 맹금류, 혹은 징그러운 애벌레 시기를 인내로 통과한 화려한 독나비처럼, 춘란은 자신에게 주어진 부정적인 환경 속에서 그 나름의 생존방식을 터득해 일정한 경지에 오른 존재였다. 솔직하고 대범한 그녀 앞에 섰을 때 나는 처음으로 스스로도 몰랐던 나의 다른 면을 보게 되었다. 평안한 마음을 휘저어 그 아래 가라앉았던 찌꺼기들을 부유케 하는 것, 그것이 허춘란 그녀의 능력이었다.

중학교를 중퇴한 춘란은 고향 도시에서 1, 2년을 머물다가 사촌언니를 따라 천진에 왔다고 했다. 오랜만에 구사장이 덕광의 관리직들에게 밥을 산 날 나는 그 식당에서 춘란을 만났다. 춘란은 비슷한 나이대의 여자아이 둘과 옆 테이블에 앉아 있었는데 유행을 따라 머리에 꼬불꼬불 파마를 하고 노란 물을 들여서 학교 때의 모습을 찾아보기 어려웠다. 옷차림도 화장도 화사했다. 춘란은 나를 알아보고 반갑게 인사를 했지만 나는 불현듯 나타난 화려한 친구 앞에서 약간 주눅이 들었다. 춘란은 나를 따라 관리직들이 모여 앉은 상에 와서 알은체를 했다.

　──북진구에 있다구요? 언제 한번 놀러 가야겠네요. 회사란 데는 어떻게 돌아가는지 보고 싶었거든요.

　아랫배가 밋밋하게 나온 중년 남자와 체크무늬 셔츠를 입은 젊은 남자가 춘란네 테이블로 가서 앉았다. 그들은 테이블에 앉아 있던 여자아이들과 한담을 하면서 춘란과 나를 건너보았다.

　나는 춘란에게 무슨 일을 하고 있는지 물어보기가 꺼려졌다. 회사 직원은 아닐 테고 그 나이에 사업을 한다는 것도 비현실적인데 어떻게 그리 사치스럽게 꾸밀 수 있단 말인가. 그 뒤로 춘란은 덕광전자로 딱 한번 놀러 왔다. 휴일이 시작되는 오후 퇴근시간에 맞춰서였다. 자전거를 타고 돌아가던 직원들, 특히 남자 직원들의 시선이 춘란에게 오래 머물렀다. 굽 높은 구두를 신고 핫팬츠 아래 맨다리를 드러낸 춘란에게서는 어느 삼류 잡지의 표지모델 같은 분위기가 났다. 그녀에게 그런 기질이 있는 줄 학교 때는 전혀 알지 못했었다. 춘란은 예쁜 꽃들이 활짝 피어 있는 양산을 접으면서 나와 정숙에게 말했다.

— 회사가 아담하니 좋네요. 이만한 건물이면 1년에 임대료가 얼마나 될까요?

춘란은 구사장이 사는 아파트 단지를 알고 있었다. 그녀의 말투를 보아 그녀가 살고 있는 아파트도 그에 못지않게 비싼 모양이었다. 게다가 그녀는 그것을 자신의 소유인 양 얘기하고 있었다.

— 1년에 관리비만 해도 오륙백원이거든요. 그 정도는 뭐 괜찮은데 전망이 생각보다 그리 좋지 않아서요.

나중에는 새로 개발되고 있는 명품 아파트 단지로 이사할 계획이라는 게 춘란의 말이었다.

춘란이 우겨 나와 정숙은 그녀와 같이 부근의 무슬림 식당에서 샤부샤부를 먹었다. 발갛게 달아오른 숯불로 끓이는 샤부샤부였다. 나와 정숙은 춘란 앞에서 특별히 할 말이 없었다. 우리는 춘란의 통 큰 씀씀이에서 뭔가 정당하지 못한 일들을 상상했지만 한편 춘란의 대범한 기질이 싫지 않았다. 춘란은 우리가 생각하는 것보다 솔직했다.

─그래, 상아야, 나 지금 어떤 사장 만나서 당분간 그 사람 일 봐주기로 했다. 나야 뭐, 배운 것도 없고 여기서 해본 일이래봤자 노래방 일뿐이니…… 여자가 아직 젊고 봐줄 만할 때 기회를 잘 잡아야지, 안 그러니?

'그 사람'을 만나면서 노래방에서 나왔고 사촌언니랑 부대끼며 살던 셋집에서도 나왔다고 했다. 춘란은 아마 '그 사람'에게 중국에서 발을 붙이기 위한 도구, 회사 설립 초기의 그나마 믿을 수 있는 존재이자 외로운 객지에서 성욕과 감정을 해소할 수 있는 여자일 것이었다. 일은 그렇다손 쳐도 나중에 결혼은 어떻게 하고 가정은 또 어떻게 꾸려나갈 것인가.

춘란은 어느새 보통의 여자들 같은 눈빛이 된 나를 의식한 듯했다. 그녀는 그 문제에 관한 한 이미 해탈의 경지에 오른 사람처럼 자연스러운 미소를 지었다.

─우리 사이의 거래는 어떻게 보면 더 깨끗해. 서로가

원하는 게 분명하니까. 난 그 사람의 가정에 관심이 없어. 그 사람도 내 훗날의 인생에 신경 쓰지 않을 거고. 우리는 필요한 만큼 함께하겠지. 그동안 누가 상대에게서 더 많은 것을 얻어낼 수 있는가도 각자의 수완에 달렸어. 얻을 수 있는 게 없어지면 관계를 끝내면 되잖아. 복잡할 거 하나도 없다.

춘란네도 형편이 어려운 집안이라는 것을 나는 알고 있었다. 그녀의 아버지는 외국에 일하러 나가려고 수속을 밟다가 집문서와 땅문서를 모두 사기당했다. 결국 아버지 대신 어머니가 위장결혼으로 외국에 나갔는데 몇년 뒤 빚은 거의 갚았지만 정말로 헤어지고 말았다. 춘란이 중학교 때의 일이었다. 풍문에 의하면 춘란의 언니도 남편과 헤어졌다고 했다. 그녀는 자신의 인생에 대해, 여러 선택에 대해 부끄러워하지도 후회하지도 않았다. 주위의 시선을 의식하며 포장하지도 않았다. 교과서가 아니라 현실 생활을 통해 그녀는 인간의 본능과 욕망에 대해 뼈저리게 깨우쳤으며, 이 사회가 지향하는 것에 대해, 이 세상의 구조 속에서 우위를 차지하기 위해 도전할 수 있는 가장 빠른 경로가 무엇인지에 대해 매우 정확히 알고 있었다.

나와 정숙을 기숙사까지 택시로 바래다주면서 춘란은 그랬다.

──상아야, 넌 참 예전처럼 예쁘고 사랑스럽구나. 하지만 나는 이제 그런 걸 믿을 수도 없고 또 그렇게 살려고 하지도 않을 거야. 난 내 인생을 살아갈 거다, 최선을 다해서.

춘란의 방문은 나와 정숙에게 많은 것을 생각하게 했다. 우리 둘 다 자신들이 겸연쩍거나 수치스럽게 생각했던 사람들에 대해 다시 한번 생각하게 되었다. 그러나 나보다 더 깊은 고민에 빠진 것은 정숙이었다.

무군은 여전히 노란 테이프를 입에 문 채 박스를 포장하고 있었고 나의 외근은 점점 잦아졌다. 구사장은 계속해서 돈이 될 만한 기회를 찾으며 이런저런 모임에 나를 데리고 나갔다. 나는 그 모임에서 소위 성공한 사내들을 적잖이 만나보았다. 때로는 그네들이 자가용으로 회사까지 데려다주는 배려를 받기도 했다. 대발택시보다 차체가 낮고 넓은 자가용은 그 안에 앉은 사람으로 하여금 모종의 우월감을 느끼게 했다. 그것은 자신이 마치 다른 종류의, 말하자면 더 진화한 인류가 된 것 같은 착각이었다.

그런 착각 속에서 반나절을 보내다가 무군이 있는 회사로 돌아올 때면 나는 전설 속 신화적 인물 제곡(帝嚳)의 딸이었다던 상아가 후예를 따라 인간세상으로 내려온 기분을 이해할 수 있었다. 여전히 포장칸에서 박스와 씨름하고 있는 무군, 아주머니가 소리치기 바쁘게 식당으로 달려가 고등어찜을 맛있게 먹는 무군, 휴일이면 희철이랑 공을 차고, 출출하면 나 몰래 사비로 고기를 사서 굽고, 저녁이면 소파에 길게 누워 발가락을 꼬물거리며 리모컨을 손에 쥔 채 키득키득 웃는 무군. 덕광에 출근한 지도 1년 반이 되어가는데 무군은 변한 것이 아무것도 없었다. 이 상태로라면 그에게서 더 무슨 변화를 기대할 수 있을까 싶었다.

나의 약혼자가 저런 사람이었던가, 내가 저런 사람이랑 결혼하려고 여태 이렇게 살아왔단 말인가 하는 생각이 갈마들 때마다 나는 맛도 없는 음식을 허겁지겁 먹다가 체한 사람마냥 속이 더부룩했다. 잠자리도 전 같지 않았다.

무군의 손길이 반갑지 않았고 몸도 쉬이 열리지 않았다. 나는 삶의 어떤 변화, 질적으로 더 나은 변화를 원하고 있었다. 내 욕망이 정당하다고 나는 생각했다. 욕망은 꿈이 아니었지만 최소한 그때는 두가지가 결국 같은 것이라고 생각했다. 그걸 위해서 사는 삶이라면 오히려 춘란이나 미스 신이 나보다 낫다는 생각이 들었다. 최소한 그녀들은 욕망 앞에서 정직하고 그것을 위해 최선을 다하지 않는가.

나는 여러번 주저하다가 그런 생각을 정숙에게 열어 보였다. 정숙에게라도 얘기하지 않으면 내가 더 이상해질 것 같아서였다. 정숙은 침대를 정리하는 중이었다. 이불과 베개와 그 위의 옷가지들을 맞은편 침대로 옮겨놓고 시트를 벗겨서 대야 안에 던져넣었다. 다른 여직원들은 자리에 없어 그 방에는 나와 정숙 둘뿐이었다.

— 언니, 그렇지 않아? 혹시 우리가, 아니 내가 틀렸을 수도 있을 것 같아. 그런 여자들은 무조건 나쁘고 그런 일은 꼭 좋지 않다고 생각하는 거 말이야. 언니는 어떻게 생각해?

말은 그렇게 했다지만 내 목소리는 작고 힘이 없었다. 행여나 정숙이 알밤이라도 먹이며, 요 기집애 봐라, 이젠 머리 커졌다고 별말을 다 해요. 가만뒀다간 큰일 나겠네, 라고 웃을까 걱정했지만 그것은 기우였다.

정숙은 요까지 탈탈 털어 한쪽에 접어놓고 걸레로 침대 구석구석을 닦다가 한참 뒤에야 입을 열었다.

— 나쁘고 좋고가 어딨니? 그게 다 운이고 능력이지. 난 이제 알았어. 지금은 그저 돈 없는 사람이 나쁜 사람이란 걸. 선한 마음만 있으면 뭐 해? 그거 가지고는 아무도 도울 수 없는데.

정숙의 남동생 상황이 더 나빠진 모양이었다. 병원을 가고 싶어도, 상담을 받고 싶어도 돈 없이는 아무것도 할 수 없었다. 정숙의 어머니는 먼젓번 전화에서 이런저런 속 상한 얘기를 하다가 동네 다른 처자들의 소식을 전했다.

— 그 아무개 알지? 그 앤 일본으로 시집갔는데, 남자 쪽이 꽤 사는지 친정에 벽돌집 한채 지어줬다더라. 아, 그리고 너 소학교 때 한 반에 다니던 애, 걔가 청도서 잘나간 덕분에 동생이 장가도 가고 아파트도 샀다잖니……

다행히 나는 어머니에게서 그런 비교는 듣지 못했다. 나중에 안 일이지만 내가 여러가지 생각으로 혼란해 있는 동안 정숙과 희철 사이의 문제도 점점 커져갔다. 나아지 않는 친정집의 형편, 치료비가 없어 방치하는 동안 점점 악화되어가는 남동생의 사정, 그 모든 것에 대한 부담감과 조급함, 게다가 오직 사랑밖에 모르는 너무도 단순한 남자친구. 정숙은 그들 사이에서 어떤 결정을 내리려는 데 다다랐고 희철은 일이 그렇게 될 때까지 아무런 변화의 조짐도 느끼지 못하고 있었다. 나는 생각했다. 항상 그게 문제지. 상대방은 순간순간 흔들리고 생각이 변하는데, 그동안 아무것도 보지 못하고 느끼지 못한다는 것. 그런 의미에서 보면 남자라는 족속은 시작이 바로 결과라고 유추하는, 현실에 대해 총체적으로 방심하는 한심한 군체였다. 희철이 그랬고 무군이 그랬다.

　나와 둘만이 만난 중경요릿집에서 춘란이 무심하게 한마디 물었다.
　──무군이랑 아직 사귀는 중이니?

춘란은 대답이 듣고 싶어 한 질문이 아니라는 듯 국자
로 국물 위에 퍼진 뻘건 고추 양념을 천천히 여러번 밀었
다. 나는 춘란이 떠준 하들하들 잘 익은 생선살을 입에 넣
고 우물거렸다. 왠지 나는 그 물음에 확실한 긍정도 부정
도 하지 못했다.

춘란은 택시를 불러 나를 회사까지 바래다주었다. 회사
근처에 거의 와서 그녀는 뒤를 돌아보았다.

——아 참, 상아 너 기억하나 몰라, 우리 처음 만났을 때
나랑 한 테이블에 앉았던 친구. 체크무늬 남방 입었었나?
다음번엔 그 친구 부르자고.

춘란은 그에 대해 간략하게 설명했다. 자수성가로 요식
업을 크게 하고 있는데 아파트가 몇채, 상가가 두개에 요
즘은 천진에서 최고급 헬스클럽을 준비하고 있다고. 춘란
은 우리같이 객지 생활 하는 사람은 친구를 한명이라도
더 알아두는 게 좋다면서, 그 친구도 나를 기억하고 있고
기회가 되면 소개해달라는 부탁을 했었다고 전했다.

그날 저녁 세면실에서 씻고 돌아와 이불 속에 누운 나
를 무군은 종전처럼 안고 싶어했다. 나는 무군의 손길을

밀쳐냈다.

　─오늘은 기분이 그래. 나 좀 내버려둬.

　거절의 뜻을 밝혔는데도 무군은 철없는 아이처럼 집요하게 달라붙었다.

　─왜? 어제도 기분이 안 좋다 하구선. 그러니까 기분 좀 바꿔보자구.

　하다 못한 내가 순간적으로 화를 내며 무군을 발로 차버렸다.

　─그만해! 그만하라고! 나 좀 내버려두면 안 돼? 사람이 왜 이리 눈치가 없어?

　나는 이불을 확 끌어당겨 덮고는 벽 쪽으로 돌아누웠다.

　등 뒤에서 무군이 멍하니 얼어 있는 모습이 느껴졌다. 무군에게 그렇게 매몰차게 하기는 처음이었다. 억울한 표정으로 눈만 껌뻑거리고 있을 무군을 생각하니 미안해졌다. 이젠 누구한테 미안해하는 짓도 그만하고 싶다고 나는 생각했다. 지금 굉장한 적수에게 걸려들었다는, 아무래도 이번엔 이기지 못할 것 같다는 예감이 나를 휩쌌다.

　춘란은 약속대로 레스토랑을 예약하고 나를 불러냈다.

춘란과 체크무늬 남방을 입었던 젊은 사내와 같이 만난 레스토랑에서 나는 그들이 원하는 바를 좀더 정확히 파악할 수 있었다. 나는 그 찜찜한 시간을 겨우 견뎌냈다. 춘란은 모호하게 암시하지 않았다.

——상아야, 혹시 나를 이상한 사람이라고 생각하지는 않겠지? 아니면 부끄러움도 모르는 뻔뻔스러운 년이라 생각하나?

이런 기회는 항상 주어지는 것이 아니며, 기회가 오더라도 아무나 그것을 잘 활용할 수 있는 것은 아니라고 그녀는 말했다. 또한 그녀는 사내의 생활권 안에 들어간다면 많은 것들을 보고 배울 수 있을 거라고, 그런 경험은 더 나은 질의 삶으로 쉽게 이어질 수 있으며 그렇게 된 뒤에는 사실상 누구에게도 의지할 필요가 없어질 것이라고 조언했다. 진정한 독립과 자유와 꿈, 이런 것들이 스스로 나에게 찾아올 것이라고.

사내는 자가용으로 나를 바래다주었다.

——전 춘란을 만나기 전까지 조선족을 한번도 본 일이

없습니다. 내 느낌이 맞는지 모르겠지만 상아씨한테서는 더 전형적인 조선족 여자의 분위기가 느껴지더라고요. 소박하고 내적이고 꾸밈없고, 매우 원초적인 여성의 매력이라 할까. 상아씨한테는 남자들에게 아늑한 사랑의 보금자리를 꿈꾸게 하는 그런 힘이 있어요.

사내는 기숙사로 들어가는 길목 으슥한 곳에 차를 세웠다. 내가 안전띠 버튼을 찾아 헤매는 동안 사내가 내 손을 잡았다. 순식간이었다.

──이렇게라도 손 한번 잡아보지요.

사내는 더이상 무리하지 않고 안전띠를 풀어주었다. 나는 차 문을 열고 도망치듯 그 자리를 떠났다. 손등에 남은 그 두툼하고 힘 있는 촉감은 무군과 많이 달랐다.

회사 마당의 밤하늘에는 연 며칠 동안 전에 없이 달무리가 졌다. 나는 아침마다 부스스 수탉 꽁지처럼 일어서는 무군의 더부룩한 머리카락을 생경하게 바라보았다. 국을 떠먹을 때마다 내는 후루룩 소리와 약간 엎어질 듯이 앞으로 기운 걸음걸이를 관찰했다. 자세히 보면 볼수록 더욱 낯설고 이상했다. 왜 전에는 몰랐지? 무군이 저렇게 말을 하고 저렇게 웃었단 말인가. 나는 그런 느낌들이 곧 사랑이 떠나가는 전조인 줄 알지 못했다. 어떤 의미에서 사랑은 음식에 가해진 '알맞게 뜨거운 열기'였다. 사랑이 떠나면서 가지고 간 그 열기는 음식을 냉랭하게, 더이상은 맛없는 요리로 만들어버렸다.

그럼에도 내게는 모종의 명분, 이 현상을 합리화할 수 있는 이유가 필요했다. 나는 그것을 무군에게서 찾았다. 모든 것은 무군 때문에 꼬인 것이었다. 무군을 만난 여태까지의 삶이 그러했다. 언제 한번 내가 원한 대로 인생이 흘러간 적이 있었나. 애초부터 무군은 나의 이상형이 아니었고 지금 역시 진정한 사랑 때문에 같이 있는 사이가 아니었다. 그럼 무군은 무엇인가. 나는 왜 무군과 같이 있어야 하는가. 그런 생각을 하다가 나는 소스라치게 놀라 일어나 앉았다. 한번 곯아떨어지면 웬만해서 일어나지 못하는 무군은 침대머리에 조각상처럼 한참을 앉아 있는 내곁에서 드르렁드르렁 여유롭게 코를 골았다.

7

　그즈음 정숙과 희철도 비슷한 일을 겪고 있었다.

　오지랖 넓은 구사장이 무역회사 임사장을 만나 운송회
사니 뭐니 시작해볼까 왕래하던 무렵, 정숙과 희철은 크
게 한번 다퉜다. 그날 점심 정숙은 조퇴서를 냈다. 임사장
이 식사를 마치기를 기다려 나는 그와 함께 양기사의 차
에 올랐는데, 회사 마당을 가로질러 나가는 정숙의 뒷모
습이 유난히 힘들어 보였다. 정숙은 허리를 구부정하니
하고 바닥만 보며 걸어가는 중이었다. 피부는 까칠하고
입술은 하얗게 말라 있었다. 긴 말을 할 새가 없어서 나는
창문을 내리고 괜찮냐고 짧게 물었을 뿐이었다. 정숙은
간신히 도리머리를 흔들었다. 잿빛이 된 그녀의 얼굴에
나는 신경이 쓰였다.

　정숙은 저녁식사 시간을 넘겨서 들어왔다. 식당에 그녀
몫으로 남겨둔 국밥이 있었지만 사양하고 침실로 들어가
드러누웠다. 내가 들여다보아도 아무 말도 하고 싶어하
지 않았다. 이튿날 아침 정숙의 안색을 보고 무군의 누나

161

는 하루 더 쉬라고 일러주었다. 정숙은 오전 나절 침실에 혼자 박혀 있었다. 퇴근시간이 지나고 저녁식사까지 마친 뒤 희철이 찾아왔다. 한 방을 쓰는 여직원 둘은 눈치를 보고 피해 나갔다. 나는 방에서 희철이 언성을 높이는 것을 들었다.

— 왜 네 맘대로 해? 왜 아무 말도 안 해주는데? 너 정말……

희철이 정숙에게 그렇게 화를 내기는 처음이었다. 정숙이 뭐라고 대답했는지 둘은 한참 조용했다. 희철은 나가면서 무군한테 들르지 않았다. 며칠이 지나 다시 덕광으로 왔을 때에도 썩 내켜하는 얼굴이 아니었다. 정숙도 희철을 반기지 않았다. 투명인간이라도 되는 듯 그를 쓱 스쳐 지나 자기 방으로 들어갔다. 희철의 방문이 확연히 뜸해졌고 그들 사이는 뭔가 단단히 틀어져 있었다. 그날 점심 조퇴한 정숙이 들렀던 곳이 산부인과라는 사실을 내가 알게 된 다음, 두 사람이 헤어졌다는 소식이 덕광에 퍼졌다. 정숙은 희철의 아이를 유산해버렸다. 나에게도 충격적인 일이었다. 무군은 두 사람이 헤어졌다는 얘기를 믿지 않았다. 서로가 힘든 건 사실이겠지만 다만 시간을 두고 상처를 추스르는 중일 뿐이라고 그는 말했다. 그것은 아마 희철 혼자만의 생각이었을 것이다.

소낙비를 맞은 작업복을 다시 빨면서 눈시울을 붉히던 정숙의 모습이 지금도 생생하다. 어두침침한 세면실에는 나와 정숙 둘만 있었다. 수돗물의 비릿한 냄새와 빨랫비누 냄새가 우리를 텁텁하게 감쌌다. 몸은 괜찮냐는 나의 말에 정숙은 말없이 눈물을 방울방울 떨구었다. 색이 바래버린 작업복을 힘주어 비틀어 짜면서 그녀는 이를 앙다물었다.

──상아야, 우리 이제 끝났어, 완전 끝났다고, 알겠니? 내가 그랬어, 더이상 못 하겠으니 그만 끝내자고.

정숙은 다 빤 작업복을 세면실의 빨랫줄에 걸었다. 비누 냄새 나는 물방울이 작업복 소매로부터 방울방울 떨어져내렸다. 그리고 정숙은 빈 대야를 뒤집어서 세면대 모서리에 대고 탁탁 물기를 털었다. 탁탁, 탁탁, 뒤집어보고 또 한번 탁탁. 그러다가 나는 대야가 정숙의 손에서 미끄러져 바닥에 떨어지는 것을 보았다. 미끄러져 떨어졌다기보다 정숙이 던졌다는 편이 정확할 것이다.

언니, 괜찮아요? 하고 묻는데 정숙은 그대로 대야 곁에 주저앉았다. 무릎 사이로 얼굴을 묻고 정숙이 그랬다.

──나 이제 다시 시작할 거야. 알아, 내가 나쁘다는 거. 상아야, 내가 나빠. 근데 어쩔 수가 없어. 난 희철이랑 결혼할 수가 없다고. 넌 아니? 내 마음을 아냐고.

나는 정숙을 뒤에서 감싸안았다. 정숙의 저리고 아픈 마음이 전해졌다. 나는 정숙을 따라 몸을 떨었다.

나는 요식업 사내에게 거절의 뜻을 밝혔고 사내는 일단 한걸음 물러서서 좋은 친구로라도 지내자고 제의했다. 나로서는 당연한 선택을 했다고 생각했지만 한번의 기회가 지나갔다는 춘란의 말에 나도 모르는 사이 자극을 받았다. 이제 내 마음은 더이상 돌이킬 수 없었다. 나는 무군과 그의 누나 몰래 천진의 동남쪽, 북진구와 거의 대각선으로 멀리 떨어진 동려구의 한 회사에 이력서를 넣었다. 덕광보다 규모가 두배로 큰 의류제조회사였다. 봉급도 덕

164

광보다 많았고 해외로 연수를 갈 기회도 있다고 했다. 회사를 옮기는 일에 대해 나는 아이러니하게도 어떤 종류의 보복심을 품고 있었다. 더 좋은 회사로 옮긴다기보다 덕광을, 무군을 떠나는 데 비중을 두었다. 의류회사에서 공식적인 연락이 오기까지 나는 무군에게 아무 말도 하지 않았다.

면접을 보러 가는 날, 사정이 있어 반나절 결근해야겠다는 말에 무군의 누나는 고개를 돌렸다. 그녀는 오로지 회사의 수익을 위해 열심히 일하고 있었지만 나와 정숙의 변화를 일찌감치 눈치챈 것 같았다.

──무슨 사정이냐고 물어봐도 얘기 안 해줄 거지? 무군은 혹시 아니?

일을 보고 돌아와서 얘기하겠다고 내가 답했다. 이런 것이 배신인가. 나는 무군 누나의 껄끄러운 눈초리를 견뎌내며 생각했다. 동려구로 가는 길은 멀었다. 조선어로 된 식당 간판들이 많이 보였고 회사 건물도 덕광보다 크고 좋았다. 인사부 과장과 공장장과 영업팀장이 면접을 보았다. 그들은 당장에 답을 주지는 않았지만 만족스러운 눈치였다. 내가 인사를 하고 회의실 문을 나설 때 영업팀장이 혹시 통과된다면 다음 주부터 출근이 가능한지 물었다. 다시 두시간 남짓 버스를 갈아타고 덕광으로 돌아온 늦은 오후, 결국 면접을 통과했다는 연락이 식당 전화로 왔다.

하루가 더 지난 주말에야 나는 그 사실을 무군에게 알렸다. 무군은 생전 처음 접해보는 외국어를 듣는 양 어안이 벙벙한 얼굴이었다.

— 회사를 옮기겠다고? 왜?

더 좋은 취직자리가 생겼는데 왜 가지 않겠느냐고, 한창 젊은 나이인데 더 많이 배울 수 있는 직장에서 커야 하는 게 아니겠느냐고 내가 반문했다.

— 그게 아니잖아. 네 말은 맞는데, 지금 너는 그게 아니잖아.

무군은 거의 애원에 가까운 눈빛으로 나를 보았다. 좀 더 납득할 만한 이유를 대달라는 듯이.

— 회사를 옮기겠다는 게 무슨 뜻인지 확실히 얘기해줄래? 나하고도 그만두겠다는 뜻이야? 그런 거야?

그래, 맞아, 바로 그 뜻이야! 이 멍청아, 그걸 꼭 말해야 알겠니? 나는 속으로 외쳤다. 그러나 무군의 단순무구한 얼굴을 마주하고는 그 말을 할 수 없었다.

무군의 누나는 흥, 가볍게 냉소했다. 결국 이렇게 되는 구나 하는 얼굴이었다. 그녀는 구사장에게 보고를 올렸고 내 월급을 정산해서 봉투에 넣어 건넸다. 구사장은 나의 갑작스런 사직에 대해 덤덤했다. 그는 자신의 만물상 가방에서 작은 빗을 꺼내 까맣고 숱 많은 눈썹을 빗었다.

―그래, 사직이라고? 다른 데 일자리는 구했고?

구사장은 항상 이날을 위해 준비하고 있었던 사람처럼 평온한 목소리로 물었다.

―죄송해요, 사장님. 이렇게 떠나서……

내가 입속으로 우물거렸다. 구사장은 우렁우렁 듣기 좋은 목소리로 껄껄 웃었다.

―인마, 죄송하긴. 젊은 사람 앞길을 누가 막는다냐. 나한테 죄송할 필요는 없고……

구사장은 뭔가 더 얘기하려는 것처럼 보였지만 거기까지였다. 어떤 얘기는 말할 수 없고 그럴 필요도 없는 것이다.

　무군은 그날 온종일 토라져 있었다. 분을 내고 설득을 하다가 포기했는지 오후부터는 혼자 맥없이 침대에 누워 있었다. 나는 당장에 필요한 옷가지와 생활용품만 챙겼다. 내가 여기저기 물건들을 뒤져내는 동안 무군이 만든 탁자, 옷걸이, 작은 걸상, 그리고 둘이 월급을 합쳐서 산 소파, 옷장 같은 것들이 갑자기 소곤소곤 말을 걸어오는 듯했다. 무군이 너를 위해 만든 걸상이잖아, 너랑 무군이랑 매일 붙어앉아 있던 소파잖아…… 그것들도 다시는 나를 보지 못하리라는 눈치를 챈 듯했다.

　나는 벽을 향해 모로 누운 무군을 뒤로한 채 짐가방을 챙겨들고 여직원 숙소로 들어갔다. 덕광에서의 마지막 밤을 무군과 함께 보낸다는 것은 각자에게 너무 잔인한 일이었다. 여자 기숙사 방의 침대 하나는 항상 비어 있었다. 정숙 외의 여직원들도 이제 내가 덕광을 떠난다는 것을 알고 있었다. 정숙이 남는 깔개 하나를 깔아주고 얇은 담요도 꺼내주었다. 나는 옷가지 중에서 약간 두꺼운 점퍼와 청바지를 꺼내 베개 삼아 베었다. 여태 지내던 방이랑 벽 하나 사이에 두었을 뿐인데 마치 덕광이 아닌 다른 곳에 온 것 같았다. 밤은 길었고 낯선 깔개 위에 누인 몸은 찌뿌드드했다.

이튿날 이른 아침 아주머니가 일어나 식사 준비를 시작하기도 전에 나는 조용조용 씻은 후 가방을 들고 숙소 문을 나섰다. 기척을 듣고 있던 정숙이 일어나 나와 함께 씻었다. 작은 가방 하나는 정숙이 대문까지 들어주었다.

─잘 가, 상아야. 어디서든 밥 잘 챙겨먹고 일 잘하고, 돈 많이 벌어라.

정숙은 나에게 웃어 보이려고 애썼다. 나도 쿨하게 받아주고 싶었지만 잘 되지 않았다.

─돈은 무슨. 우리처럼 회사 다녀서 언제 돈을 벌겠어? 밥이나 잘 먹고 다녀야지. 그쪽 식단이 더 나으면 언니한테 연락할게.

나는 정숙도 곧 덕광을 떠나리라는 예감이 들었다. 정숙이 나를 향해 두 팔을 벌렸다. 그러나 활짝 열지 못하고 엉거주춤했기에 나는 그녀가 포옹을 하려는 건지 확신이 가지를 않았다. 나는 짐가방을 하나는 메고 작은 것은 한

손에 든 채 다른 손을 정숙에게 내밀었다가 어색하게 거
둬들였다. 우리는 결국 포옹도 악수도 아무것도 하지 못
했다. 고작 멀어지면서 서로 손을 두어번 흔들어 보였을
뿐이다. 돌아서서 버스 정류장을 향해 걸어가며 나는 다
시는 정숙을 만나고 싶지 않다고 생각했다.

첫차에 올라앉아 출발시간을 기다리는 동안 나는 어느
샌가 달려온 무군을 보았다. 차창 바깥에서 무군은 높은
버스 의자 위에 앉은 나를 올려다보았다. 오래전 어느 점
심 때, 까만 인민복을 입었던 더부룩한 머리의 소년이 말
했다.

　──네가 상아란 말이지?

소년의 눈이 상아를 향해 반짝반짝 쟁글쟁글 웃고 있었
다. 소년은 그녀 너머에 있는 아름답고 신비한 상아를 보
고 있었다. 상아의 백옥 같은 얼굴에 드리운 고독의 그림
자, 처연한 회한이 소년으로 하여금 그녀를 더욱 사랑하
게 만들었다. 상아는 형편없는 도시락을 건네주던 소녀
시절처럼 불안한 마음으로 무군을 내려다보았다. 기사가

물병을 들고 차 안으로 올라와 운전석에 앉았다. 부르릉 시동이 걸리는 소리를 들으며 무군이 바짝 마른 입술로 말했다.

　—가지 마, 상아야. 안 가면 안 돼? 네가 가면 난 어떡하라구.

　나는 그 말에 얼굴을 휙 돌렸다. 의미를 알 수 없는 눈물이 뜨겁게 솟구쳤다. 버스가 차 문을 닫고 덜컹거리며 움직이기 시작했다.

　—우리 아직 끝난 거 아니지? 나도 동려구에 가면 되잖아……

　무군의 목소리가 차 꽁무니를 따라 띄엄띄엄 들려왔다.

8

　조용하고 아늑한 앤틱풍의 2층 까페.

　독특한 각도의 흑백사진들, 벽을 타고 올라간 덩굴식물, 결이 거친 나무 탁자와 두꺼운 천을 씌운 소파, 빈티지

램프와 청동 로마문자판 시계. 동그란 번호판이 있는 전화기와 갈색 가죽 커버가 씌워진 수동식 필름카메라 등이 놓여 있는 탁자 위에서는 갈색 탁상등이 은은한 빛을 던지고 있었다.

나는 점원이 가져다준 메뉴판을 넘기면서 유리창 너머 현란한 네온사인으로 번쩍이는 거리를 바라보았다. 방금 전 정숙이 조언한 대로 토마토 해물 파스타와 샐러드와 와플, 그리고 큰 사이즈의 아메리카노 두잔을 시키는데 그녀가 계단을 올라오는 것이 보였다. 짧은 파마머리에 푸른색 캐주얼 정장을 입고 검은테 안경을 쓴 모습이었다. 계단이 유리벽 쪽에 있어 정숙은 마치 내가 내다보던 어둠의 거리에서 불쑥 뛰쳐나온 것처럼 보였다.

─오래간만이다, 상아야.

그녀가 내게 웃어 보였다. 나는 그 웃음 속에서 찰나 젊은 그녀의 모습을 떠올릴 수 있었다. 나는 자리에서 일어나 그녀를 향해 두 팔을 내밀었다.

─그러게요, 언니. 언닌 그대로네요.

정숙이 내게로 가까이 다가와 내 팔을 두 손으로 잡았

다. 그러나 타이밍이 맞지 않아 포옹은 하지 못하고 그만두었다.

— 그대로라니, 20년이나 지났는데도 변하지 않았다니 이건 칭찬인가 뭔가.

그러면서 정숙은 웃었다. 그녀도 나의 얼굴에서 젊은 상아를 발견한 듯 기쁜 표정이었다. 늘어나는 뱃살을 걱정해야 하는 나와 달리 정숙은 오히려 끊임없이 줄기만 하는 체지방 때문에 고민이라고 했다. 심하다 싶게 마른 그녀는 나이에 비해 겉늙어 보였다.

— 그래, 넌 잘 지내고 있지? 애가 아홉살이라고?

앞에 놓인 와플을 잘라 먹으면서 정숙이 물었다. 우리는 자질구레한 일상에서부터 가족들 안부까지 두루두루 나눴다.

— 참, 언니네 쌍둥이도 다 결혼했겠네?

내 물음에 정숙이 대답했다.

— 응, 여동생은 벌써 애가 소학교 다니지. 남동생은…… 몰랐지? 저세상으로 간 지 10년은 되었는걸.

심한 우울증이었다고 정숙이 설명했다. 첫사랑 때문이

었는지 선생님한테서 받은 상처 때문이었는지 확실치 않았는데 그 때문에 크고 작은 병원이며 민간의사들을 찾아다녔다고 했다. 증상은 호전되지 않았고 나중에는 일체의 활동을 멈추고 음식까지 거부하는 데 가족들은 기진맥진했다. 그 아이의 삶은 사실상 스스로 마친 거나 다름없었다.

정숙은 와플 접시를 밀어놓고 커피잔을 들었다.

──내 인생은 그런가봐. 사랑하는 사람들과 오래 함께할 수 없나봐.

갈색의 탁상등 불빛 속에서 그녀는 희미하게 웃었다. 얼마 전 고향에 돌아갔던 것도 이혼수속 때문이었다고 그녀가 말했다.

──무능함에다 도박에다 여자에다…… 여러가지 문제가 있었는데, 아마 그 사람을 제대로 감당할 수 없었던 내 문제도 컸겠지. 아니면 처음부터 무책임한 선택이었거나. 우리 희아 때문에 고민 많이 했어. 그래도 더이상은 안 되겠더라고.

그녀 인생의 방향이 다시 한번 틀어진 것이었다. 어쩌

면 정숙은 그 충격을 계기로 우리의 한때를, 그녀에게 잊힐 수 없는 한 사람을 돌아보고 싶었는지도 모른다.

커피잔을 쥐고 만지작거리다가 내가 말했다.

— 언니, 언니는 후회 같은 거 해본 적 있어요? 만약이라는 게 없다는 거 아는데, 그래도 다시 한번 그 시간이 주어진다면 어떨 것 같아요?

그 말을 하면서 나는 얼굴이 좀 붉어졌다. 정숙은 잠깐 내 손을 바라보았다.

— 글쎄, 생각해본 적 없는데. 아니, 후회하지 않을 거 같아. 다시 한번 선택하라고 해도 그렇게 살았을 거야.

부질없는 질문이었다. 소박한 고향 마을을 떠나 처음으로 시작한 개방 도시의 현란한 삶 속에서 사랑하는 희철을, 무군을 떠나기로 결단한 그녀들이 바로 정숙이었고 나였다. 다른 구실은 필요 없었다.

— 언니, 그냥 그렇게 된 거잖아요. 그렇게 생각해요, 우리.

나는 끝까지 용기를 내어 그 말을 했다. 나에게서 어떤 시선을 바라던 정숙은 눈빛을 바깥으로 돌렸다. 짧은 침묵 후에 그녀가 말했다.

　—물론 그렇지. 나도 그렇게 생각해.

　이제 옛날의 아픔은 다 잊고 좋은 것만 생각하면서 살아가자고 정숙과 나는 서로를 격려했다. 우리는 아직 젊고 아직 살아 있으니까. 그렇게 하는 것이 죽은 사람들에 대한 그나마의 예의일 테니까.

　까페에서 나와 지하철역으로 굽이도는 길목에서 우리는 헤어졌다. 손을 흔들던 정숙이 주춤 한발 다가오더니 나를 가볍게 안았다.

　—언제 다시 너를 보겠니? 한번 안아보자.

　그녀는 약하게 떨고 있었다. 나도 그녀를 마주 안았다. 될수록 다정하고 친근하게. 그녀의 팔이 내 등에서 떨어져나갈 때 가슴이 아려왔다. 우리는 왜 좀더 일찍 이런 시간을 가지지 못했던 걸까. 터덕터덕 계단을 내려가 나는 토막토막의 관처럼 이어붙은 지하철 속으로 다시 걸어들어갔다. 삐삐, 문이 닫히고 까만 창문 너머로 여러겹 겹쳐진 하얀 국화꽃들이 점점이 나타났다.

　김희철, 그의 장례식장에서 보았던 꽃이었다.

176

덕광전자에서 의류회사로 옮긴 지 반년 만에 나는 천진을 떠났다. 천진을 생각하면 가끔 떠오르는 이미지는 도시 한가운데 홀로 우뚝 선 금황색 빌딩과 그 아래 개미처럼 작게 보이는 상아였다. 거대한 원기둥을 반으로 자른 듯 깔끔하게 올라간 건물 벽에 황금색 수입 유리들이 비늘처럼 촘촘히 입혀진 빌딩은 이름 또한 금황빌딩이었다. 쓰레기 수거촌 시절 회사에서 가게로 이동할 때 양기사는 종종 그곳을 지나치곤 했다. 나는 잘 다듬어진 황금덩어리 같은 그 빌딩을 멀리 양기사의 차 안에서 바라보길 좋아했다. 금색의 햇빛을 가닥가닥 사방으로 반사하는 그 건물 아래를 지나다보면 기하급수적으로 커져가는 그 도시의 풍요로움이 내 앞에도 한몫 차려질 것 같아 기분이 좋았다. 물론 그것은 착각이었다.

어쩌면 그것은 상아 그녀만의 황금성이었다. 성벽도 성문도 성안의 뜰과 크고 작은 건물도, 그 안에 있는 모든 가구와 사람들까지 황금으로 굳어버린 전설 속의 성 말이다. 그 성은 나의 목표이자 소망이었지만 그것은 성 바깥에서 바라볼 때의 목표이고 소망이었다. 그 성안에서 나는 서투른 마법으로 자신의 사랑과 꿈과 삶마저 황금이라는 금속덩어리로 굳혀버렸다. 내가 그곳에서 치른 마법의 대가는 바로 나의 생명 일부분이었다.

아들의 죽음을 받아들일 수 없어 꺼이꺼이 마른 울음을 울던 희철의 어머니가 생각난다. 파마기가 거의 풀려서 푸스스해진 머리카락이 그녀 머리거죽에 간신히 붙어 있었다. 가슴을 쥐어짜는 울음소리가 잠깐씩 그칠 때마다 그녀는 악취 나는 이 세상의 모든 것을 거부하듯 도리머리를 흔들었다. 어렵사리 휴가를 내 부모님을 모시고 온 희철의 누나가 어머니를 위로했다. 희철과 옆모습이 기막히게 닮은 여자였다. 그 아버지는 아직도 꿈속을 헤매고 있는 듯 멍한 표정이었다. 그는 희철처럼 크고 둥그런 눈을 슴벅거리며 낯선 사람들을 대하듯 아내와 딸내미의 울음을 구경했다.

무군은 다른 세 친구들과 같이 화장칸까지 관을 들어다 주고 마당으로 나와서 술로 손을 씻었다. 한 사람이 술병을 들고 다른 친구들이 씻을 수 있도록 조금씩 부어주었다. 추도회를 주관하는 사람은 따로 없었다. 희철네 회사 직원들 몇몇과 공장장, 그의 가족과 친척 두명, 그리고 나와 무군이 참석했을 뿐이었다. 사람들은 희철의 영정 사진 앞의 술잔에 술을 부었다. 사진 속의 희철은 고등학교를 막 졸업한 애송이였다. 이 세상에 남아 있는 이들을 바라보는 희철의 미소에는 알 수 없는 애수가 배어 있었다. 유골이 나오기를 기다리는 동안 희철의 어머니가 나에게 물었다.

─누구요, 우리 철이랑 연애했다는 그 처자는?

슬픔과 분노가 그녀를 어느 낭떠러지로 끌고 갈지 아무도 몰랐다. 그녀 자신도 그것을 느꼈던지 내 대답을 재촉하지는 않았다. 새끼를 잃은 사슴처럼 놀란 눈을 하고서 희철의 아버지가 아내 곁에 붙어서서 나를 빤히 쳐다보았다. 그 눈길을 나는 견디기 힘들었다. 정숙은 거기 오지 않았다.

회사로 돌아오는 길에 공동묘지를 지났다. 굴곡이 밋밋한 넓은 언덕이었다. 빗물에 씻겨 얼룩덜룩한 비석들이 말없이 서 있었다. 새 무덤 앞에는 흰색, 은색, 금색 종이 꽃을 수북이 꽂은 커다란 화환이 들바람을 맞으며 위태롭게 누워 있었다. 어쩐 일인지 북진구에는 그런 공동묘지가 많았고 약국보다 수의(壽衣) 가게가 더 흔했다. 무군이 구사장의 허락을 받아 양기사의 차를 끌고 왔다. 확실하게 이별을 선언한 뒤 그의 큰누나와 함께 마지막으로 만난 것이 한달도 되지 않았다. 우리는 할 말이 없었다. 희철네 가족들을 먼저 여관에 내려준 다음 무군은 다시 나를 태우고 남쪽으로 달렸다.

요즘 생활은 어떠냐고 무군이 우물우물 물었다. 밤잠을 설쳐서인지 무군의 눈이 퀭했다. 불과 두달 전만 해도 아무렇지 않게 한 이불 속에서 스스럼없이 나를 안았던 무군이었지만 벌써 어색해했다. 남자와 여자 사이란 얼마나 기묘한 관계인가. 눈 마주치기를 꺼려하는 무군은 내가 기억하고 있는 그의 여러 모습 중 어느 것과도 닮지 않았다. 그는 또다른 무군이었다. 북진구를 거의 벗어나는 지점에서 어느 낡은 아파트 단지를 지나며 무군이 흘리듯 중얼거렸다.

── 저기야, 희철형이 세 들었던 아파트가……

　동려구 부근에 외근 나온 무군과 그의 큰누나가 내가
다니는 회사에 들른 적이 있었다. 무군이 연락 없이 문득
숙소 앞에 나타난 밤에 내가 무군에게 이별을 통보한 지
약 열흘 만이었다. 무군의 누나가 아니었더라면 그날 나
는 나가보지 않았을 것이다. 명찰을 달고 총총히 뛰어나
오는 나를 무군의 누나는 착잡한 얼굴로 멀리서부터 지켜
보았다. 나는 새 회사의 선배 언니들한테 무군과 누나를
고향 사람이라고 소개했다. 내가 가까이 오는 것을 보고
무군은 머리를 수그렸다. 무군의 누나가 양기사의 차에서
내려 나에게 손을 흔들어 보였다.
　── 가자, 내가 밥 사줄게.
　점심시간을 맞춰 찾아온 그들을 나는 거절하지 못했다.
무군의 누나는 두 사람 사이에 대해 아무것도 묻지 않았
다. 보신탕과 닭백숙 전문인 조선 식당에 들어가서 우리
셋은 마주 앉았다. 나는 그 자리에서 정숙이 아는 이를 따
라 천진을 뜰 거라는 소식을 들었다.

— 원래 고향 동네에서 알던 오빠라던가. 광주로 간 지 2, 3년 되는데 가방이나 신발이나, 암튼 그쪽 분야에서는 얼추 자리를 잡고 잘나가는가 보더라고.

무군의 누나가 얘기하는 동안 나는 이마에 잠깐씩 머물렀다 가는 무군의 눈빛을 느꼈다.

희철은 정숙을 잡아두기 위해 회사 기숙사를 나와 무리를 해서 그 단칸 아파트에 세 들었던 것이다. 시멘트 바닥에 장판지를 깔고 벽에는 볼썽사납게나마 회칠도 하고 냄비며 간이식탁 같은 살림살이도 사들였다. 2인용 중고 철제 침대에 새 이불을 깔고 벽에는 정숙이 좋아하던 연예인의 사진과 양배추 잎사귀에 올라앉은 아기 사진도 붙였다. 희철네 집에서는 중매가 들어온 처녀의 사진을 편지 속에 동봉해 보내왔다. 희철은 지금 사귀고 있는 여자친구가 있다고, 조만간에 인사하러 같이 갈 거라고 답장을 띄웠다. 정숙은 그 아파트에 한번도 가보지 않았다. 희철은 마지막까지 용을 썼고, 정숙은 안간힘을 다해 그것을 거부했다. 두 사람에게 모두 힘든 싸움이었을 것이다.

공동묘지를 지나고 덕광전자로 들어가는 길목이 나타
나자 나는 양기사의 차에서 내렸다. 무군이 더 태워주겠
다고 만류했지만 버스를 타는 게 더 편했다. 나는 차창에
이마를 기댄 채 무군이 들려준 희철의 얘기를 생각했다.
한번도 정숙과의 이별을 염두에 둔 적이 없는 희철로서는
어쩌면 정숙보다 더 힘들었을지 몰랐다.

　그날 밤 희철은 술을 많이 마셨다고 했다. 패잔병처럼
여기저기 쓰러진 술병들을 내버려두고 희철은 옷을 입
은 채 침대에 쓰러져 잤다. 문을 잠갔던가 잠그지 않았던
가. 그런 일은 그의 관심사가 아니었을 것이다. 얼마나 지
났을까, 덜커덕덜거덕 빳빳한 신분증이 긁히면서 문이 열
리고 희철처럼 젊고 마른 체형의 남자가 덜덜 떨며 방으
로 들어선다. 남자는 한 손에 칼을 들었다. 그는 침대 위에
누워 있는 희철을 주시하다가 다시 두리번거리며 돈이 있
을 만한 곳을 찾아본다. 조심조심 걸었지만 발밑에서 쨍
그랑 술병 부딪는 소리가 들렸고 희철이 꿈틀꿈틀 잠에서
깬다. 일어나는 척만 했더라면 남자는 황급히 도망갔을
수도 있을 텐데, 무슨 용기에서인지 희철은 평소의 그답

지 않게 호통을 친다. 누구야? 지금 뭐 하는 거야! 희철이
맨손으로 달려든다. 남자는 문밖으로 나가지 못하고 어쩔
수 없이 희철과 육박전을 치른다. 희철이 맥주병으로 남
자의 머리를 내리쳤고 남자는 칼로 희철의 배와 허리와
가슴을 찌른다. 해고당한 지 오래라 돈이 급했던 타지 청
년, 그는 머리에 피를 흘리며 도망갔지만 며칠 만에 잡혔
다. 희철은 온몸에 여덟군데의 깊고 얕은 상처를 입었다
고 했다. 가장 범죄율이 낮은 도시에서 희철은 초짜 강도
에게 칼을 맞고 출혈과다로 죽은 것이다. 거짓말 같은 이
야기였다.

9

──넌 혹시 후회한 적 있니?

까페 계단을 내려오며 정숙이 물었었다. 이제 지하철
안에는 사람이 많지 않았다. 나는 먼젓번 승객의 체온으
로 덥혀진 미지근한 의자에 앉았다. 정숙이 데려온 그 시

절은 정숙과 헤어짐으로써 떠나갈 것이었다. 없는 일 취급할 수는 없었지만 지나간 일이었다. 정숙과 마찬가지로 나는 그 시절을 잊고 살았다. 잊고 살았든 기억하며 살았든 현실은 달라지지 않았을 것이다. 그러나 정숙을 만난 후의 내 삶은 그 전과 분명 달라질 것이었다. 그게 어떤 것이든 간에. 창문 바깥으로 불빛이 들어오고 지하철은 새로운 역에 도착했다.

무군에게 이별을 통보하던 장면이 떠오른다. 갖은 핑계를 대고 만나주지 않는 나를, 무군이 퇴근 후의 늦은 밤 연락도 없이 찾아왔다. 아파트를 어떻게 찾았는지 알 수 없었다. 문 두드리는 소리에 합숙하던 선배 언니 중 한 사람이 문을 열었고, 나는 편한 옷차림으로 거실에 있다가 무군의 목소리를 들었다. 깜짝 놀라 일어선 나는 거실로 들어온 선배 언니가, 상아야, 널 찾아왔는데? 말하기가 바쁘게 점퍼 하나를 걸치고 슬리퍼를 끌며 바깥으로 달려나갔다. 창피함 때문이었다. 이 밤중에 찾아온 낯선 청년의 보잘것없음을 선배 언니들한테 오래 보여주고 싶지 않았다.

나는 그때 무군의 가치를 그렇게 매겼었다. 그것은 또한 그런 무군과 함께한 나 자신의 한 시절조차 초라하게 만드는 것이었다.

나는 무군의 앞에서 총총 걸어갔다. 연락도 없이 불쑥 찾아온 행동이 나의 심기를 매우 건드렸다는 태를 내면서. 무군은 말없이 뒤에서 스적스적 나를 따라왔다. 나는 아파트 단지 아래 화단이 있는 공터까지 가서야 걸음을 멈추고 홱 돌아섰다.

─언니들 눈도 있고 한데 이렇게 찾아오면 어떡하니? 넌 참…… 제발 이러지 말았으면 좋겠다. 정말 우리, 어떻게 해야 할지 생각해보자.

희미한 가로등 불빛 아래에서 무군의 표정은 잘 보이지 않았다. 그는 바깥에서 오랜 시간을 보낸 듯 추위에 얼굴이 굳어 있었다.

─왜? 뭐가 문젠데? 우리 사이에 두고 봐야 하는 문제가 뭐가 있는데?

무군이 물었다. 나는 그런 입씨름 따위는 상대하고 싶지도 않다는 듯 싸늘하게 눈길을 돌렸다. 될수록 우아하게, 될수록 매정하게 느껴지도록.

— 그게 바로 네 문제야. 우리 사이에 뭐가 문제인지도 모르는 게.

나는 팔짱을 낀 채 슬리퍼를 탈탈 끌며 아파트 입구 쪽으로 몸을 돌렸다.

— 됐어, 그만하자. 아니, 더 분명하게 얘기할게. 이제 우리 끝내자, 아주 깨끗하게. 이런 일은 억지로 되는 게 아니란 거, 그 정도는 너도 알고 있겠지?

무군은 다른 얘기를 하지 않았다. 내가 걱정했던 것처럼 애원하지도 비난하지도 도에 넘치는 행동을 휘두르지도 않았다. 무군은 자기에게서 등을 돌리고 가는 나를 묵묵히 바라보았다. 사실 많은 얘기를 할 수도 있었겠지만, 무군이라면 그럴 자격이 있었지만, 그는 그 권리를 행사하지 않았다. 그는 이 결과를, 나의 돌이킬 수 없는 마음을 확인하러 온 것이었다. 그게 무군의 마지막 자존심이었을지도 몰랐다. 버스는 끊겼을 것이고 북진구까지 택시를 타려면 요금이 만만치 않을 터였다. 아파트 모퉁이를 돌아 무군의 시선이 느껴지지 않을 때까지 나는 마음을 졸이며 걸었다. 돌아보면 소금기둥이라도 될 것 같았다. 1층 복도로 통하는 나무 문이 삐꺽 열렸다가 등 뒤에서 탁 닫혀버렸다. 용수철이 달려서 열 때는 힘이 들어가지만 닫히기는 순식간이었다. 어렵사리 쌓아놓은 사랑에서 노력이라는 물리적 힘을 제하자 와르르 원위치로 돌아가는 꼴이랑 닮았다. 희철의 장례식장을 마지막으로 나는 무군을 다시는 만나지 못했다.

그해 겨울 나는 혼자 집으로 돌아갔다. 천진역으로 가서 반나절 동안 긴 줄을 서서 기차표를 사고 컵라면과 귤 서너개와 간식거리 두봉지를 배낭에 넣었다. 부모님께 드릴 내복 세트와 금성의 허리띠는 미리 사두었고 기차역에서는 천진 특산이라는 계발상(桂髮祥) 꽈배기를 한박스 사서 차에 올랐다.

작은 산더미 같은 해바라기씨 껍질도 용광로의 찌끼 같은 붉은 석양도 까칠한 승무원의 플래시도, 그리고 무군도 없었다. 나는 위층 침대 자리에 올라가 조명등을 켜고 소설책을 읽었다. 역시 아버지가 조씨네 삼륜차를 타고 마중 나왔다. 삼륜차 바깥으로 걸쇠를 덜컥 걸어버리자 차 안은 더 어둡고 좁아 보였다. 뒤치이는 삼륜차 속에서 아버지는 그렇게 하지 않으면 곧 튕겨 달아난다는 듯이 나의 트렁크를 내내 붙들고 있었다. 나는 미리 편지에 이번엔 혼자 돌아갈 거라고 써 보냈다. 정숙이나 희철, 동려구로 옮긴 회사에 대해서는 쓰지 않았다. 딸아이가 이젠 정말 품 안의 자식이 아니라고 생각했는지 아버지는 나를 전보다 조심스럽게 대하는 눈치였다. 우리 사이에도 드디어 갖춰야 할 예절이 생겼고 가려서 해야 할 말이 존재한다는 것에 나는 어떤 상실감을 느꼈다.

어머니는 좀더 늙고 좀더 촌스러워진 모습으로 나를 맞았다. 그때의 설이 내가 식구들 모두와 함께 고향집에서 보낸 마지막 설이었다. 이듬해부터는 너무 멀리 가버린 나 때문에, 혹은 일거리를 찾아 외국으로 날아간 부모님의 부재로 다 같이 모일 수 있는 기회는 사라졌다. 아직 온전한 모습으로 남아 있는 남산촌을 보는 것도 마지막이라는 것을 그때 나는 알지 못했다. 그해 나는 집 안에 틀어박혀 명절이 지나기를 손꼽아 기다렸다. 금성이 하도 닦달

하는 바람에 그믐 전날 둘이 같이 읍내로 가서 시장을 봐온 것이 유일한 외출이었다. 식구들은 아무도 무군의 행방을 묻지 않았다. 길지 않은 내 생애 중 가장 흐리멍덩하고 아쉽고 바보 같은 나날들이었다.

읍내 경찰서 직원들이 출근을 시작한 이튿날 나는 새 신분증 발급 수속을 밟았다. 한자 이름은 그때 바꾼 것이었다. 동려구의 회사에는 장거리전화를 넣었다. 나는 과장에게 죄송하다고, 다시 회사로 돌아가지 못할 것 같다고 말했다. 성질 더러운 그 중년 남자는 도대체가 믿을 만한 것들이 못 된다고 조선족 직원들을 싸잡아 욕했다. 그의 말도 안 되는 모욕적인 욕설을 들으면서 나는 어쩐지 마음 한구석이 오히려 시원했다. 뭐라 말할 수 없는 담대함 ─ 뻔뻔함이라고 하는 게 나을까 ─ 같은 것이 차오르기 시작했다. 별게 아니었다. 욕을 하면 들으면 되고, 돌을 던지면 맞으면 되는 것이었다.

우체국에서 나와 역전 광장 쪽으로 갈 때 나는 문득 이상한 느낌에 걸음을 멈추고 뒤를 돌아보았다. 털실로 뜬 모자를 꾹 눌러쓰고 두툼한 솜외투를 껴입은 남녀노소가

북적북적 제 갈 길을 오가고 있었다. 눈길을 끌 만한 사람은 없었다. 그러나 나는 누군가의 시선 속에 잡혀 있다는 느낌이 들었다. 내가 걸으면 그 시선도 따라왔고, 내가 멈춰 돌아보면 시선은 숨어버렸다. 나는 종시 그 시선과 마주할 수 없었다. 역전 광장으로 걸어가 삼륜차를 잡아타기까지 10분 남짓한 시간을 나는 그와 함께했다. 그는 위협적이지도, 악의나 분노, 조소 같은 것을 품지도 않았다. 그저 조용히 은밀한 곳에서 나와 함께 걷고 싶어할 뿐인 것 같았다. 그것은 오랜만에 느껴보는 친절함과 따뜻함이었다. 삼륜차 뒷자리로 올라가면서 나는 주위를 휘돌아보았다. 그토록 붐비는 광장에서 나의 귓가에는 아무 소리도 들리지 않았다. 누군가의 심장이 툭툭 뛰고 있다는 것만 느껴졌다. 그것은 끝난 사랑에 예의를 표하는 진실한 고백이었다. 한번도 사랑을 해본 적이 없었지만, 나는 이제 안다. 무군, 그만큼 사랑을 잘하는 사람은 사실 흔치 않다는 것을.

*

　정숙을 만난 이틀 뒤, 나는 예정대로 Z시에 돌아왔다. 아들의 결혼을 핑계 삼아 일을 그만두고 이참에 혼자 사는 딸 집에 잠깐 머물고 싶어하는 부모님과 함께였다. 상해 포동공항의 대기석에 앉아 어머니와 아버지는 너무 달라진 고향 도시의 낯선 모습과 이제는 현대식 아파트 단지에 떠밀려 흔적조차 사라진 남산촌에 대해 한참 얘기를 나눴다. 아버지는 새 아파트 단지에 들어섰다는 독보조(노인회관)에 관심이 있었고 어머니는 방문하고 싶은 이웃들을 손꼽으며 작은 선물을 챙겼다.

　정숙은 떠나간 남편의 자리를 고향에서 모셔온 친정 부모님으로 메꿨다. 물가가 다른 지역보다 높은 그 도시에서 식구들 중 경제활동을 하는 이는 그녀뿐이었다. 당분간 그녀는 먹고사는 데만 집중할 것이라고 했다. 그녀의 딸 희아는 조부모의 보살핌을 받는다기보다 오히려 그들의 새로운 생활에 편의를 봐주느라 여러모로 애쓰고 있는, 자립심이 무척 강한 아이였다. 이제 다시 남편을 맞는다면 사랑이 아니라 생활에 주력할 것 같다고 정숙은 말했다. 그녀에게 사랑이란 너무 멀어져서 그것의 존재 자체에 의심을 품게 되는 어떤 관념이 된 것 같았다.

　—그래도 너는 괜찮게 살고 있는 것 같네? 많이 떨어져 있는 것만 빼면.

　정숙의 말에 나는 혹시 내가 그녀 앞에서 괜찮게 살고 있는 태를 냈던가 자문했다. 만약 그랬다면 그녀에게 미안할 것 같았다.

　훈이의 거듭되는 요청에 나는 공항에서 남편과 영상통화를 했다. 오랜만에 보는 남편의 얼굴은 생각보다 좋아 보였다. 어떤 화제에도 심드렁한 사춘기 아이 같은 표정은 여전했다. 아들이 휴대폰을 빼앗아 외할머니 외할아버지를 렌즈에 담은 순간 남편의 얼굴은 유명 언론사 기자에게 기습당한 정치인처럼 급변했다.

　—아, 네, 이번에 같이 가신다고요? 잘됐네요. 마음 편하게 볼일 보시고 이참에 오래 놀다 가세요.

　장인 장모랍시고 최고의 아부를 표현하는 남편에게 피식 웃음이 났다. 어머니 조언대로 정말 더 늙기 전에 드레

스 입고 저 인간이랑 간소하게라도 식을 올려야 하나 하
는 생각이 들었다. 그의 처진 눈매에서 오래전 내가 알고
있던 소년의 모습이 보이는 듯도 했다. 상해에 오기 전에
는 느끼지 못했던 것이었다.

비행기가 구름층을 뚫고 고요한 하늘 위를 날았다. 적
막하고 망망한 쪽빛의 하늘이었다. 훈이는 내 곁 의자에
서 벌써 잠이 들었고 뒷자리에서 들려오던 부모님의 티
격태격하는 대화도 점점 뜸해졌다. 나는 작은 창문 너머
로 길게 뻗은 은빛의 비행기 날개를 보았다. 엷고 투명한
어떤 날개가 비행기 몸체 부근에서 펄럭였다. 검고 숱 많
은 긴 머리를 구름처럼 아름답게 틀어올리고 갖가지 빛나
는 보석 핀들을 꽂아 멋을 낸 그림 속의 상아를 상상한다.
세찬 바람을 안아 그녀의 날개옷은 하얀 돛처럼 풍성해진
다. 비행기 위, 아래, 또 날개 밑, 내가 볼 수 없는 각도에서
상아는 피곤을 모르고 난다.

드디어 Z시 공항 상공, 착륙 준비에 들어간 기체가 기
우뚱 몸을 기울이며 빙빙 선회를 시작했다. 넓고 평평한

옥수수밭과 가로세로 교차해 길게 뻗은 고가다리, 높은 건물들의 윤곽도 점점 선명해졌다. 황금빛의 오후 햇살이 끈적거리는 용암처럼 땅 위를 덮었다. 아침 일찍 일을 나간 남편은 이제 셋방으로 돌아올 채비를 할 것이다. 휴식 시간이면 포장을 뜯지 않은 자재 위에 걸터앉아 담배 한개비 피우고, 점심시간이면 회사에서 정해준 식당에서 김치찌개를 먹으면서 평범한 하루하루를 살아갈 것이다. 자신의 아내가 한때 상아(嫦娥)였다는 사실을 감감 모른 채로.

피곤이 몰려왔다. 고향 동네를 지나왔고 천진을 지나왔고 그 뒤의 많은 것들을 지나왔지만, 아직 끝난 것은 아니었다. 기장의 안내방송을 들으면서 나는 안전띠를 부여잡았다. 덜컹, 하고 비행기 바퀴가 땅에 부딪는 소리가 들렸다. 비행기 안의 모든 사람이 그 충격에 몸을 떨었다. 광한궁, 자신의 황금성 안으로 상아가 훨훨 날아 들어가고 있었다.

그녀들의 천진 시절

한영인

1. '탈향'하는 여자들

고향을 떠나는 이야기는 아주 오래전부터, 그러니까 자본의 본원적 축적 과정에서 발생하는 이산(離散, Diaspora)이 본격화된 근대 이전부터 있어왔다. 하지만 그때 길을 나서는 모험은 거의 남성에게만 허락된 것이었으며 그것은 대개 영웅담의 형태를 띠곤 했다. 고향을 떠나 낯선 곳에서 자신의 삶을 펼쳐 보이는 여성의 이야기가 등장하기까지는 그로부터 오랜 시간이 필요했다. 아마도 여성이 전근대적 공동체를 떠나 '자유로워지기' 위해서는 맑스가 『공산당 선언』에서 말한 것과 같은 (부르주아지에 의한) '모든 봉건적, 가부장적, 목가적(牧歌的) 관계의 파괴'가 선행되어야 했기 때문이리라.

더 나은 삶을 찾아, 그러나 반쯤은 떼밀리듯이 고향을 떠난 여성들의 이야기는 우리에게도 낯설지 않다. 1960년대 들어 본격적으로 진행된 산업화와 도시화는 농촌에 정주하던 사람들을 자본의 투입 요소로 전환시킬 것을 요구했고 그 과정에서 많은 여성이 정든 고향을 떠나 차가운 공장의 컨베이어 벨트 앞에 서야 했다. 고향을 등진 그녀들을 감싸고 있던 것은 영웅적 숭고함이라기보다는 낯설고 속악한 도시에 대한 두려움과 환멸, 그리고 미증유의 강도 높은 노동이 선사하는 극심한 피로였다. 그 한구석에 세련되고 번화한 도시에 대한 매혹과 더 나은 미래에 대한 희미한 희망이 뒤얽혀 있었음은 물론이다.

산업화가 낳은 거대한 이동은 '여공'이라 불렸던 여성 노동자들의 무수한 자기서사를 낳았다. 배움에 목말랐던 여성들은 야학에서 공부하며 자신의 이야기를 직접 기록

하기도 했다. '노동수기'라는 이름으로 묶인 그 글들은 멀리서 보면 저마다 엇비슷한 사연을 담고 있었지만 그들이 감내해야 했던 고통의 무늬와 포기할 수 없는 꿈의 색깔은 제각각이었다. 여성들의 '탈향(脫鄕) 서사'는 한 사회의 정치경제적 변동과 긴밀하게 연동된다는 점에서 당대 리얼리즘 문학의 성취를 가늠하는 데 있어서도 관건적 위치를 점하게 된다. 금희의 『천진 시절』은 비록 중국을 배경으로 하고 있지만 그와 같은 맥락 속에서 주목을 요하는 작품이다.

본격적인 이야기를 시작하기에 앞서 금희에 대한 간략한 소개가 필요할 것 같다. 금희는 1979년 중국 길림성에서 태어난 조선족 작가다. 2013년 중국에서 『슈뢰딩거의 상자』라는 소설집을 펴내기도 했지만 국내 독자에게 이름을 알린 것은 2014년 봄 계간 『창작과비평』에 단편 「옥화」를 발표하면서부터다. 이듬해 한국어로 쓴 소설을 모아 『세상에 없는 나의 집』을 묶어낸 금희는 "자본주의 세계체제로서의 근대라는 폭넓은 범주 속에서 사람들의 다양한 욕망을 형상화"*한 작가로 평가받고 있다. 이번 작품 역시 "생존을 위한 절박한 선택을 포함하여 '더 잘살기 위해서' 여러 나라를 가로지르는 자발적인 이동의 삶"**을 그리고 있다는 점에서 그녀의 일관된 주제 의식에 닿아 있다.

2. 1998년, 상승과 혼돈의 시대

동생의 결혼식 때문에 상해에 잠시 머물게 된 주인공 상아는 우연히 정숙의 연락을 받고 "까맣게 잊고 살았던"(12면) 1998년의 천진 시절을 떠올리게 된다. 그녀가 회상하는 1998년의 중국은 어떤 모습일까. 우리에게 1998년은 건국 이래 처음으로 정권 교체에 성공한 정부가 직전에 불어닥친 엄혹한 경제적 위기 속에서 출범했던 해로 기억된다. 그러나 바닥을 향해 질주하는 그래프 위에 위태롭게 올라타 있던 우리와는 다르게 작품 속 중국의

---

* 백지연 「돌아오기 위해 떠나는 사람들」, 금희 『세상에 없는 나의 집』
  해설, 창비 2015, 275면.
** 같은 글 274면.

1998년은 등소평 이래 개혁개방에 나섰던 중국이 본격적인 경제성장을 이룩하던 희망찬 상승의 시기로 묘사된다. "무엇보다 세계를 향한 적극적인 문호 개방이 아시아의 침체에는 아랑곳없이 높은 경제성장률로 이어지던 시기였다. 연해 도시에서는 하룻밤 자고 나면 새 외자기업들이 우후죽순처럼 일어섰"(13면)다.

중국의 경제적 팽창은 단지 숫자놀음에 그친 것이 아니라 당대를 살고 있던 사람들의 실질적인 삶에도 엄청난 변화를 몰고 왔다. 고향 마을 남산촌을 떠나 천진으로 이주한 상아의 삶 역시 그와 같은 중국의 구조적인 변동에 밀접하게 연관되어 있음은 물론이다. 상아가 1998년의 천진 시절을 "가슴 뜨거웠던 시절"(14면), "젊고 단순하고 생명력 넘치는 열정의 시절"(15면)로 기억할 때 우리는 당시 중국을 휩쓸던 경제적 상승의 기운이 한 개인의 내면에 어떻게 투사되어 자리 잡고 있는지를 여실히 확인할 수 있다. 그런데 이 빛나던 시절을 왜 그녀는 남의 것인 양 모른 척 묻어두고 살았던 걸까. 그건 아마도 그와 같은 밝고 역동적인 기억의 반대편에 쓰린 배신의 그늘이 함께 드리워져 있기 때문일 것이다.

고향 마을에서 학교를 함께 다닌 친구이자 천진으로 가는 길을 열어준 약혼자 무군. 약혼자라 했지만 상아는 열한 살 때 처음 무군을 만난 이후 한번도 그에게 마음을 주어본 적이 없다. 상아가 무군과 짝을 맺게 된 것도 무군에 대한 이성적 호감 때문이 아니라 천진에서 함께 일할 사람을 찾는다는 무군 누나의 연락 때문이었다. 1998년의 어느 날, 상아는 가난하고 가망 없는 고향을 떠나 큰 도시에서 미래를 개척한다는 흥분과 함께, 그럼에도 어딘지 마음에 차지 않는 무군과 짝지어졌다는 우울을 동반한 채 기차를 타고 천진으로 향하게 된다.

무군은 남다르게 성실하며 상아에 대한 순수한 사랑을 간직한 사람이지만, 더 나은 미래를 향해 적극적으로 삶을 개척하는 포부와 능동성이 없는 그를 상아는 초라하고 답답하게 여긴다. 무군과 평생을 함께한다는 건 그녀 역시 계층 상승의 기회를 잃고 밑바닥 노동자의 삶을 전전해야 한다는 것을 의미하기 때문이리라. 그럼에도 상아가 무군과 약혼한 건 어쨌거나 무군을 경유하지 않고서는 천진으로 대표되는 도시에의 접근이 여의치 않았던 사정 때문이겠다. 상아의 선택은 여성이 독립적인 주체로 자신의 삶을 개척하기가 그만큼 어려웠던 당시의 상황을 방증하는 것처럼 보인다.

실제로 이 작품에는 남자를 매개로 신분 상승을 도모하는 여자들이 여럿 등장한다. 언뜻 지극히 속물적이고 타산적으로 보이는 이 인물들은 그러나 동시에 당시 중국의 경제성장이 철저한 남성 연대에 기반해 이루어진 것임을 일러준다. 개혁개방에 이은 경제성장 과정에서 부와 권력을 쥔 사람들은 대부분 남자였으니 아무런 연줄이 없는 시골 출신 여자 입장에서 그 남자들을 매개하지 않고서는 새롭게 획득되는 부와 권력의 부스러기에도 접근하기가 쉽지 않았던 것이다. 경제성장을 알리는 화려한 숫자들의 향연 속에서도 여성이 주체적으로 즐길 자리는 결코 평등하게 배분되지 않았으니 작품 속에 등장하는 여성들의 '속물성'은 자연적 소여라기보다는 구조적 불평등이 파생한 효과에 가깝다.

가령 "여자가 아직 젊고 봐줄 만할 때 기회를 잘 잡아야지, 안 그러니?"(149면) 또는 "우리는 필요한 만큼 함께하겠지. 그동안 누가 누구에게서 더 많은 것을 얻어낼 수 있는가도 각자의 수완에 달렸어. 얻을 수 있는 게 없어지면 관계를 끝내면 되잖아. 복잡할 거 하나도 없다"(150면)라고 말하며 상아의 마음을 동요시키는 옛 동창 춘란은 어떤가. 사업가와의 '스폰서' 관계를 알선하는 춘란의 제안에 상아는 크게 놀라 결국 거부하지만 이내 마음은 그녀의 부도덕함을 지탄하는 대신 그녀의 욕망과 삶의 방식을 추인하는 쪽으로 기울고 만다. "이 세상의 구조 속에서 우위를 차지하기 위해 도전할 수 있는 가장 빠른 경로가 무엇인지에 대해 매우 정확히 알고 있었다."(150~51면) 상아의 윤리의식 타락을 손가락질하기 이전에 우리는 그런 도전만을 능동적인 것으로 남겨두는 "이 세상의 구조"의 속성에 먼저 주목하지 않을 수 없다.

농업 공동체 위주의 사회주의 사회에서 탈피해 본격적인 산업화와 도시화를 구가하던 1998년의 중국은 "흑백 분명하던 원리들의 자리가 바뀌고 모든 가치가 부풀려지고 뒤섞이면서 정체성이란 개념조차 불분명"(68면)해지던 시대로 기억된다. 전통적인 윤리가 힘을 잃고 욕망을 향해 돌진하는 부나방 같은 실주가 새로운 삶의 태도로 떠오르던 시기이기도 하다. 그러니 "난 이제 알았어. 지금은 그저 돈 없는 사람이 나쁜 사람이란 걸. 선한 마음만 있으면 뭐 해? 그거 가지고는 아무도 도울 수 없는데"(154면)라는 정숙의 말은 부러 과장하는 위악이 아니라 차라리 당대 사람들이 직면해야 했던 시대적 진실이라 해야 할 것이다.

(영화 「첨밀밀」에서 장만옥이 연기했던 '이요'를 떠올리게도 하는) 상아와 춘란, 정숙 등은 모두 그 시대적 진실 앞에 나름대로 몸부림친 인물들이다. 도무지 시대에 부합하지 못하는 무군과 희철 같은 사람들을 답답하게 여기던 그들은 순수하지만 무력한 사랑의 울타리에 머무는 대신 적극적으로 그 울타리를 넘어 상승하는 삶과 접속할 수 있기를 바랐다. 그녀들의 처절한 몸부림에는 지금의 삶과 사랑에 만족하고 나면 영영 낙오되어버릴지 모른다는 불안이 짙게 배어 있었지만 사실 상승의 기회가 자신들에게 공평하게 열려 있지 않다는 사실을 그들은 애

써 모른 척한다. 가진 게 없고 배운 게 없는 소수민족 출신 젊은 여성에게 '중국몽(中國夢)'은 과연 얼마만큼 가능성 있는 프로젝트였을까. 실제로 20년 만에 다시 만난 정숙은 결국 여러 문제를 일으키는 남자를 만나 이혼한 뒤 딸을 혼자 키우고 있으며 상아 역시 일자리를 찾아 한국을 들락거리는 남편을 대신해 온전히 아들을 돌보아야 하는 처지다.

쓰라린 배신의 대가치고는 어딘지 초라해 보이는 것이 사실이지만 중요한 것은 현재의 결과가 아니라 1998년 천진에서 그녀들이 맞닥뜨렸던 욕망의 정체라 할 것이다. 그녀들은 거기서 처음으로 자신의 욕망에 따라 결단할 기회를 얻게 되었고 확률과 상관없이 모두 현재를 버리고 더 나은 미래의 가능성을 택했다. 그 가능성의 문이 그녀들에게 얼마나 열려 있는지 여부는 젊은 시절 그녀들을 사로잡았던 강렬한 상승의 욕망 앞에 사소한 문제였을 것이다. 그녀들은 확실한 오늘의 사랑보다 불확실한 욕망을 좇았고 그 선택을 고스란히 자신의 것으로 감당해낸다.

3. 욕망의 덫

한편 상아는 천진에서 시작했던 무군과의 소꿉놀이 같은 신혼 생활을 접으며 자신의 욕망을 정직하게 응시하고 그것을 따르는 것이 옳다는 새로운 시대의 '정언 명령'을 거듭 곱씹는다.

> 나의 약혼자가 저런 사람이었던가. 내가 저런 사람이랑 결혼하려고 여태 이렇게 살아왔단 말인가 하는 생각이 갈마들 때마다 나는 맛도 없는 음식을 허겁지겁 먹다가 체한 사람마냥 속이 더부룩했다. (…) 나는 삶의 어떤 변화, 질적으로 더 나은 변화를 원하고 있었다. 내 욕망이 정당하다고 나는 생각했다. (…) 그걸 위해서 사는 삶이라면 오히려 춘란이나 미스 신이 나보다 낫다는 생각이 들었다. 최소한 그녀들은 욕망 앞에서 정직하고 그것을 위해 최선을 다하지 않는가.(152면)

어쩌면 상아의 배신은 그녀가 운명처럼 물려받은 이름에서 예고되어 있었는지도 모른다. 중국 전설 속 월궁선녀 상아는 명궁수 후예의 아내였지만 남편이 서왕모에게 하사받은 불사약을 혼자 먹고 몸이 가벼워져 달나라로 홀로 올라가버리고 만다. 그런데 중요한 건 월궁선녀 상아가 불사약을 마신 게 단지 자신의 욕심 때문만이 아니라는 점이다. 판본에 따라 전해지는 이야기는 조금씩 다르지만 정설은 상아가 악당 봉몽의 협박에 못 이겨 불사약을 빼앗기게 될 위기에 처하자 어쩔 수 없이 불사약을 먹는 선택을 했다는 것이다. 그 점을 염두에 두면 작품 속 상아의 배신 역시 나약한 한 개인으로서는 도저히 피할 수 없었던 압도적인 시대의 공세에 굴복한 결과처럼 보이기도 한다.

하지만 상아의 배신을 단지 수동적 무력감의 발로로만 보는 것은 상아라는 인물이 품고 있는 욕망을 너무 적게 읽은 결과일 것이다. 여기서 흥미로운 것은 천진에서 새롭게 눈뜬 상아의 욕망이 다분히 (사회)진화론적인 위계를 상정하고 있다는 점이다. 구사장과 함께 일을 다니며 '성공한' 남자들의 세계를 엿보게 된 상아는 그로 인해 "더 진화한 인류가 된 것 같은 착각"(152면)에 빠져 "모종의 우월감"(151~52면)을 느끼지 않을 수 없었다고 고백한다. 화려한 도시의 불빛과 아늑한 자가용, 그리고 번듯한 고층 아파트는 단지 안락한 삶을 위한 소비재가 아니라 '진화의 척도'로 여겨지고 있는 것이다. 이것이 왜 중요한가. 욕망이 이렇게 진화의 위계 속에 놓인 것이라면 자신의 소박한 연인 곁에 머무르는 일은 '진화'라는 자연스러운 법칙을 거스르는 일이 되기 때문이다. '진화'가 객관적으로 관철되는 자연법칙이라면 그 진화적 발달 단계를 따르는 것 역시 자연스러운 선택이 된다. 20년 만에 만난 정숙이 혹시 과거의 선택을 후회하지 않느냐는 상아의 질문에 다시 돌아가더라도 마찬가지의 선택을 할 거라고 말하는 것도 그 때문이겠다.

정숙은 상아가 무군과 함께 천진에 있는 공장에 다닐 때 알게 된 고향 언니로 첫사랑 남자친구인 희철과 연애 중이었다. 같은 조선족 출신 노동자라는 공통점으로 인해 넷은 급속도로 가까워진다. 희철 역시 무군처럼 순수하고 성실한 사람이었지만 가난한 집 장녀로 물질적 성공에 집착하는 정숙은 결국 희철과 함께하는 미래 대신 이별을 택하고 만다. 희철이 사람은 좋지만 너무 고지식하고 융통성이 없어서 이 사회에서 도무지 잘나갈 수 있을 것 같지 않다는 게 그 이유였다. 그러면서 정숙은 이렇게 말한다. "같이 가난하게 만드는 사랑이라면, 그 사랑도 증오한다고."(133면) 희철은 정숙의 마음을 돌리기 위해 공장 기숙사를 나와 번듯한 공간을 마련하려 했지만 결국 거기서 침입한 강도의 칼에 맞아 죽고 만다.

희철의 죽음은 정숙과 상아 모두에게 죄의식을 자극하는 어두운 기억이다. 게다가 무군 역시 상아의 배신으로 인해 영혼의 커다란 한 부분이 죽어버렸을 것임을 짐작해보면 상아의 화려했던 천진 시절은 수많은 사람들이 헤어날 수 없는 '욕망의 덫'에 빠져 허우적거렸던 무참한 과거를 숨기고 있던 시절이기도 하다. 하지만 이 무참함은 작품 속에서 결코 도덕적으로 단죄되지 않는다. 작품은 그런 단죄보다 강렬한 끌림을 선사했던 한 시대의 욕망에 서린 빛과 그늘을 꺼내보는 데 더욱 주력한다.

결국 상아는 자신을 찾아온 무군을 매몰차게 내쫓은 뒤 천진 생활을 접고 고향 집으로 돌아오면서 정숙과도 헤어지게 된다. 이후 그녀는 고향 마을에서 자신에게 아낌없이 순수한 사랑을 주었던 무군을 가슴 아프게 추억하는데 이 장면이 먹먹한 것은 무군이 선사한 사랑의 순수함 때문만이 아니라 시간을 되돌린대도 상아가 마찬가지의 선택을 했으리란 걸 우리 모두 알고 있기 때문이다.

4. 삶은 계속된다

계층적 상승을 향한 그녀(들)의 욕망은 결국 실현되지 못한다. 중국은 그때보다 경제적으로 훨씬 더 발전했지만 그 화려함은 이제 그녀(들)의 신산함을 더욱 돋보이게 할 뿐이다. 하지만 작품은 그런 현실을 추인하고 과거의 기억을 부단히 먼 곳으로 밀어내면서 다가올 시간에 집중하는 태도를 보여준다. 과거를 어떻게 기억하고 애도하느냐는 서사 윤리에 있어 관건적인 행위지만 그녀(들)에게 더

급박한 것은 당면한 오늘을 다시 한번 살아내는 일이기 때문이리라.

정숙은 친정 부모님을 부양하기 위해 또 하루치의 노동을 해야 하고 상아의 남편 역시 한국 땅에서 "휴식시간이면 포장을 뜯지 않은 자재 위에 걸터앉아 담배 한개비 피우고, 점심시간이면 회사에서 정해준 식당에서 김치찌개를 먹으면서 평범한 하루하루를 살아갈 것이다."(195면) 상아 역시 어린 아들을 돌보며 고향 마을에서 부모님과 함께 살림을 돌보며 무거운 일상의 무게를 감당해야 함은 물론이다. 홀로 불사약을 마시고 달로 간 죄로 달에서 두꺼비로 변해 살게 되었다는 월궁선녀 상아에 얽힌 또다른 이야기를 이따금 떠올리면서.

하나 아쉬운 건 끝내 무군의 행방이 묘연하다는 점이다. 천진에서 상아에게 매몰차게 쫓겨난 이후 무군은 서사의 표면에서 증발해버리고 만다. 그는 훗날 상아처럼 고향에 돌아왔을 수도 있고 아니라면 마을 사람들을 통해 그의 소식이라도 전해들을 수 있었을 텐데 어찌된 일인지 무군의 뒷이야기는 삭제되어 있다. 마치 그와 함께한 천진 시절이 슬프도록 아름다운 백일몽에 불과했다는 듯 말이다. 무군의 증발은 천진 시절을 이미 지나간 삶의 한 국면으로 축소시키려는 상아의 무의식적인 분투의 결과일 것이다. 물론 그것 역시 자신의 삶을 미래로 실어 보내는 하나의 방편일 수는 있다.

하지만 이 작품은 미래를 향해 흐르는 삶의 물결에서 봉인된 과거의 기억이 불현듯 떠오를 수밖에 없는 것이 우리의 인생이라는 걸 보여주고 있지 않은가. 하여 그녀의 지속될 미래 속에서 천진의 '외딴 방'은 어떤 식으로 또다시 그녀를 급습하게 될 것이다. 그 영겁회귀하는 사랑과 배신, 상승과 추락의 기억은 소시민적 삶과 무관하게 흘러가는 듯 보이는 시대와 역사의 표정을 닮아 있다.

韓永仁 | 문학평론가

겨울에 시작해서 겨울에 마무리가 됐다. 내 기억으로.

마냥 유쾌한 과정은 아니었다.

'소설'이라는 형식을 이용해 뭔가를, 대체로 나 자신을 위한 뭔가를 얻어내보겠다는 무의식적인 욕망은 과정 중에 점점이 부스러져갔다. 가슴에 아파오는 것들을, 그냥 지나칠 수 없는 것들을, 엎치락뒤치락 갈등하던 것들을 써왔다고, 여태 그렇게 해왔다고 생각했지만 정말 그랬던가. 왠지 속이 허했다.

허황한 야망으로 가득 찬, 인과와 맥락과 가치 순위가

뒤바뀐, 하나 마나 아무 쓸모에 없는…… 그런 말. 내가 사는 고장의 현실도 이런 '말'들의 세상에서 벗어나지 못했다. '말'은 어느 때보다 더 현란하고 복잡하고 알차게 진화하는 것 같지만 그것으로 사람의 진정을 나타내기는 왜 이렇게 어려워진 건가.

한동안 책을 놓고 삶에만 열중했다. 삶이라면 좀더 진실하지 않을까라는 생각에서였다. 그것도 녹록지 않은 일이었다. 사실은 그게 가장 어려웠다. 자신에게 주어진 삶을 그것답게 살아내지 못하는 탓에 모든 게 혼란스럽고 뒤바뀌고 희미하게 변해버린 것이다. 다시 나의 '말'을 본다. 나는 대체 얼마나 그 앞에서 당당할 수 있을까. 나의 '말'의 이유와 그것이 실제로 닿는 물리적 현실에 대해 얼마나 확실히 알고 있었던가.

시간은 속도가 붙여진 팽이처럼 점점 빨리 돌아간다. 일주일, 한달, 일년, 그리고 더 긴 주기. 너무 많은 '말'들이 급급히 반짝거리다 사라져버린다. 다만 나는 내 시간에 쫓겨 허둥지둥 반사하는 빛이 되고 싶지 않다. 누군가의 바람이 아니라고 할 수 있을까.

어쩌면 이런 소망을 향한 쏠림이 '소설'이라는 방법이 내게 주는 선물이다. 소설을 더욱 사랑하고 싶다. 소설을 읽으며 자신의 주소에서 낙서를 하는 당신의 모습을 사랑하고 싶듯이. 나 자신과 가족들과 주변을 더 사랑하고 싶듯이.

나에게 이런 '말'을 소리 내 이야기할 수 있도록 기회를 주신 창비 여러 선생님들의 수고에 감사 드린다. 쉽지 않은 부탁이었겠지만 감내하고 평론을 써주신 한영인 선생님과 좋은 책을 만들고자 여러 분야에서 애쓰는 분들께 감사를 드린다.

책이 나오는 것을 보면, 첫번째 대출금을 갚은 느낌이 들 것 같다.

2020년 새 소설을 꿈꾸며

금희

천진 시절

초판 1쇄 발행/2020년 1월 15일

지은이/금희
펴낸이/강일우
책임편집/전성이 정편집실
조판/한향림
펴낸곳/(주)창비
등록/1986년 8월 5일 제85호
주소/10881 경기도 파주시 회동길 184
전화/031-955-3333
팩시밀리/영업 031-955-3399 편집 031-955-3400
홈페이지/www.changbi.com
전자우편/lit@changbi.com

ⓒ 금희 2020
ISBN 978-89-364-3808-1 03810